青梅竹馬絕對不會輸的戀愛喜劇

〔作者〕二丸修一
〔插畫〕しぐれうい

Kadokawa Fantastic Novels

CONTENTS

NAME
虹內·雀思緹·雛菊
獲封「日歐妖精」別名的
當紅頂尖偶像明星。

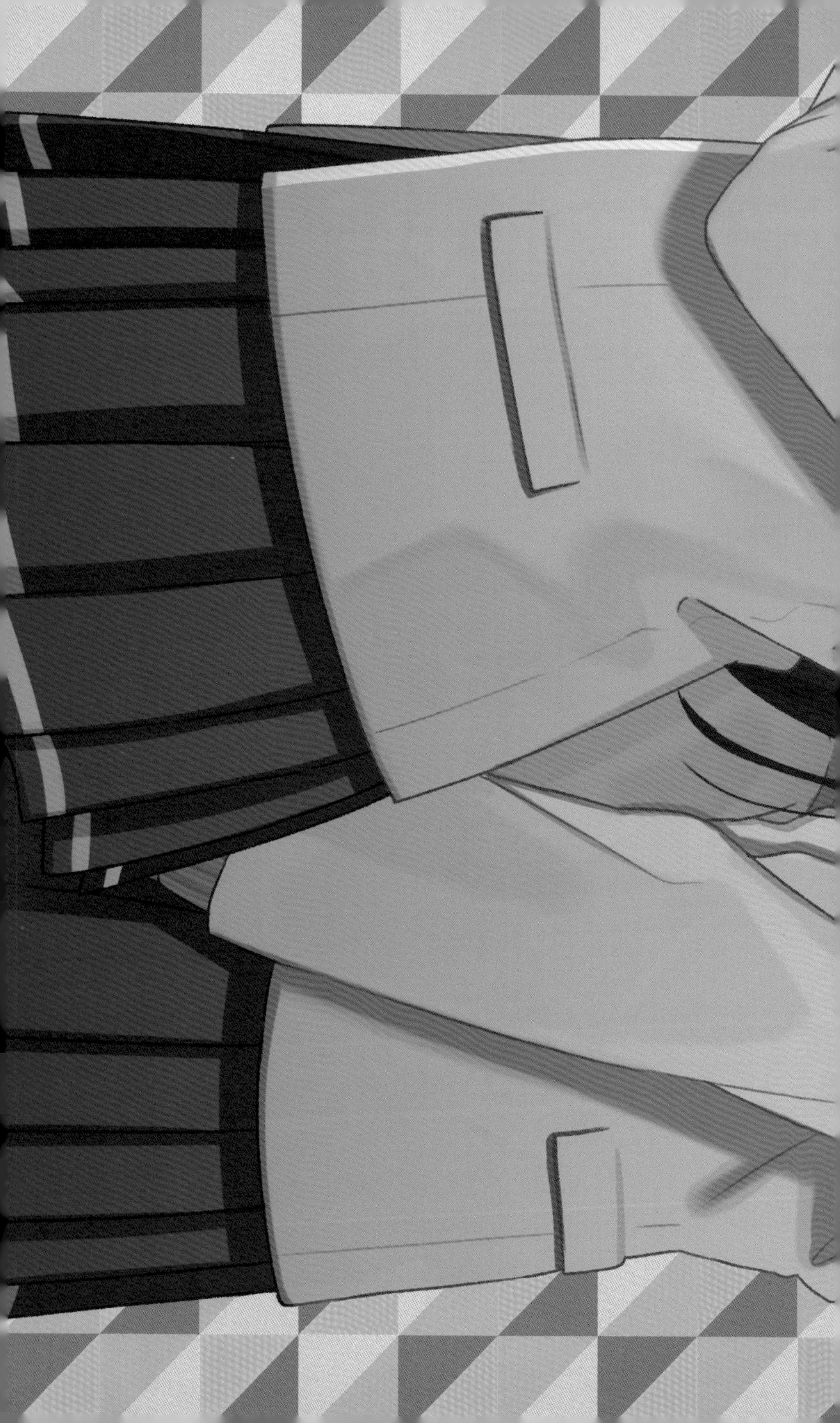

青梅竹馬絕對不會輸的戀愛喜劇

OSANANAJIMI GA ZETTAI NI
MAKENAI
LOVE COMEDY

6

［作者］
二丸修一
SHUICHI NIMARU
［插畫］
しぐれうい

Kadokawa Fantastic Novels

序章

*

——某日，某地。

從學校回家的路上，我順道去了最近喜歡逛的超市。

「啊，姊姊？晚餐吃義大利麵，有橄欖油、番茄與奶油可以挑的話，妳想要哪一種口味？」

「真理愛做的義大利麵都很好吃，所以哪種都可以喔～」

「哎，姊姊每次都這樣。」

我朝著手機嘆了氣。

雖然我最喜歡姊姊大而化之的個性，可是對於吃這方面大而化之過了頭，為她下廚就覺得不帶勁。姊姊除了不敢碰的青椒，每次都會笑咪咪地吃我做的飯菜，這一點倒真的令人欣慰。

「那麼，既然我之前做過橄欖油口味的……這次換番茄吧。」

「嗯，就這樣嘍！社團活動預計在晚上七點左右結束，我想八點就能到家了。」

「了解。」

我切斷通話，看了一圈食材。

「呵呵，不趁有時間的時候練練廚藝可不行。」

料理最重要的固然是味道，掌管一家飯桌卻有著學不完的訣竅，諸如確認當季食材以及跟價錢妥協，端詳新鮮度乃至於臨場應變能力之有無。

我離開超市以後，便一手提著裝了肉與蔬菜的購物袋露出微笑。

從車站前超市回家的路途……我每次都享受著這段時間。

我想像自己是新婚妻子。

屬於新進員工的末晴哥哥每天上班都要做牛做馬，累得精疲力竭。日子苦歸苦，卻能靠著家中新婚妻子的可愛與親手燒的好菜調劑而撐過每一天。

兩個人約好在車站前碰面，然後一起去超市。手牽手問彼此想吃什麼東西，並且買材料。採購之際——

『小桃做什麼菜都好吃。』

末晴哥哥總是這樣甜言蜜語。

接著我們會恩愛地走過街燈下，回到愛巢。

『到家嘍，末晴哥哥，我立刻去做飯，你趁現在先去洗澡——』

『還叫我哥哥……？小桃，我們不是夫妻嗎？妳要那樣稱呼我到什麼時候？』

『啊，我都忘了……那、那麼……親愛的，你先去洗澡……』

『怎麼，小桃，妳不跟我一起洗嗎？』

『那、那那那怎麼好意思！你上班已經累了，又餓著肚子——』

『要吃的話，我會希望先吃妳，小桃——』

『真、真是的，你從以前就這麼色……親、愛、的。』

我臉紅了卻又壓抑不住欣喜，就直接去了浴室……

「不行喔，哥哥！再繼續下去會無法收手的！『呵呵呵，我們哪有必要收手呢？』啊啊，哥哥，不行不行，不能碰那邊——」

路過的年輕ＯＬ看到我而嚇了一跳。

我擺回嚴肅臉色清了清嗓，然後微微偏頭，用和氣的微笑敷衍過去。

「…………」

或許有一點點敷衍不掉。

ＯＬ嘀咕：「有男朋友的人就是這樣。」然後帶著黯然的眼神離去。

「……仔細想想，也許讓末晴哥哥當上班族的設定不太對。看來還需要改版。」

當我這麼思索著來到自己居住的公寓時。

有人從後面叫住了我。

「真理愛……妳是真理愛對吧……」

相當久違……卻又耳熟的女性嗓音。

我的背脊頓時僵住了。

太過恐怖駭人，我打從骨子裡顫抖起來。

所以，我想認定是自己有幻聽的症狀。

「真理愛，是我……是我啦，我啊。」

這次，換成從背後傳來中年男性的嗓音。聽起來同樣耳熟。

——我斷然不想再聽見的聲音。

只有一次還能當成妄想而自我逃避，然而被叫住兩次，只能承認是現實。

「唔——」

我咬緊了嘴脣。

不由自主湧上的恐懼。雙腿畏縮，連站著都很勉強，腳尖止不住發抖。

我咬緊嘴唇以應付湧上心頭的恐懼。隨後我鼓起藉疼痛回歸的理性，並說服自己。

（別逃跑。我已經不會輸了。絕對贏得過他們。我成長了，狀況跟以前不同。）

血絲從唇邊盈出。

可是不管我再怎麼祈念，恐懼仍逐漸滲透全身。

「妳怎麼了，真理愛？轉過來我們這邊嘛。」

「是啊。沒看到臉就不能講話了吧？」

「別擔心，我們找妳沒什麼大不了的事，只是想談一談而已。」

「妳住的公寓不錯耶。應該賺了一大把錢吧？」

「畢竟她拍了不少廣告嘛，還有連續劇也是。」

「我們一直在看著妳耶。一直都看著……」

「這麼說來，我們也去過經紀公司喔。」

「唉，雖然當時受到了妨礙。嘿嘿，不過妳現在離開經紀公司了吧？」

「沒錯，所以我們就來找妳談嘍。」

——別開玩笑了！

想這麼吼出來的衝動被我默默忍下了。

我早就聽出對方是什麼人。可是正因如此，才不能隨便回頭。

幼時深植的恐懼讓身體畏縮。毫無覺悟就回頭的話，可以想見自己必然會低聲下氣向對方求饒。

當我跟發自體內深處的恐懼搏鬥時，心裡想的是姊姊。

（我不想讓他們跟姊姊見面……！）

多虧姊姊在國中畢業後就立刻帶我離開家裡，我才得到了平靜的生活。假如我進入演藝界能夠成功有一半是拜末晴哥哥所賜，那另一半無疑就是拜姊姊所賜。

（姊姊真的很溫柔……因為姊姊放棄念高中，還為我打拚生活，我們才有幸福的現在……）

難道說，現在還要讓姊姊再受相同的苦嗎？還要讓她嘗一樣的苦頭嗎？

斷無可能。姊姊是應該幸福的人。

（沒錯，我跟以前已經不一樣了——）

我在演藝界生存下來，獲得了成功。要錢有錢，要人脈也有人脈。

仔細想想，我會累積實力到現在，或許就是為了這一刻。

（那我就要挺身對抗，當面駁倒他們。我已經不是只會讓姊姊保護的人了——）

而且——

（沒問題，即使不借助末晴哥哥他們的力量，我也贏得了。我不想給大家添麻煩，何況這是給我的考驗。我應該要獨自克服這一關，才能說是真正有了成長。對方不過是一對中年夫妻，比起演藝界的老江湖，要應付是輕而易舉才對。）

我緊緊地握起了拳頭。

「真理愛！妳在做什麼！快點轉過來我們這邊！」

「妳想無視我們嗎！太沒禮貌了吧！喂，真理愛！」

我閉起眼睛，靜靜地下了決心。

接著，我囑咐自己要當個女演員，再擺出完美的表情回頭。

「好久不見——爸爸、媽媽。」

序章2

*

要說她是日本目前首屈一指的偶像明星，應該沒有人會提出異議。

新曲一發就會霸占各大榜榜首。相關精品銷得飛快，沒有一天看不到她拍的廣告。

稱讚她的詞語不勝枚舉，但主要以下列居多：

『業界久未出現的至高單人偶像』。

『從仙境夢醒降臨於現代的愛麗絲』。

『日歐妖精』。

她的金色秀髮是與生俱來。身為日本與芬蘭的混血兒，及腰的金髮搖曳生姿，足以令觀者誤以為是來自童話世界的人物。

她的藍眼睛據說有如藍寶石，眼底內含星彩，讓人不由得體悟到她是天生的明星。

體型略為嬌小，肢體之勻稱卻有別於日本人，豐滿胸脯、婀娜腰身、修長手腳，注定要讓她被形容成「妖精」。

可愛、開朗、純粹，具歌唱力，舞藝也出色過人，身兼一切優點而又謙虛且好奇心旺盛。

幾乎沒有人曉得，如此的她對現狀感到不滿，而且，她正打算消解這份不滿。

「好久不見，製作人！你又要跟我搭檔了，對不對！」

赫迪經紀公司，董事長室。

身為頂尖偶像的少女亮起藍眼睛，還露出妖精般的笑容。

「是啊。之後又要請妳多多指教了，小雛。」

「好耶～～！」

她活潑地蹦蹦跳跳，用全身展現出喜悅。

反觀穿著紫襯衫，貌似牛郎的男子，則是略顯做作地咬牙切齒。

「我更應該向妳道歉。之前可是有好好將業務交接下去，沒想到結果居然讓妳懷有那麼大的不滿。」

「那才不是製作人害的喔。只是阿波羅藝能經紀公司的那些人擅自忽略你交代過的事情……

我心裡很生氣！」

她將雙手舉向天花板，強調自身的憤怒。

「畢竟我屬於跟阿波羅合作的一方，他們又有恩於我，立場上不方便說人閒話就是了……」

「咦～～連製作人都這麼說啊～～？我可是氣呼呼地對阿波羅藝能經紀公司的那些人發過飆耶！」

她雙手扠腰，俏皮地發了脾氣。

貌似牛郎的男子——赫迪．瞬則對這樣的她揚起了嘴角。

「要說的話，我當然很後悔把妳交給無能之輩照料。身為偶像明明正是推銷時機，營業額居然會低於前年。該怪罪的自然不是妳，我們得挽回業績才行。」

「意思是，目標並沒有改變嘍？」

「當然。我希望從日本捧出一班能制衡全世界的明星。那將是足以象徵當代，又能在全球頭角崢嶸的大明星。」

赫迪．瞬回想起來，自己與她相識時的情形。

『——希望從日本捧出一班能制衡全世界的明星。』

要達成這一點，赫迪．瞬認為得先從素材著手。

無論是職業體育選手或藝術家，有天分者都要自幼累積嚴格的訓練，才能與全世界競爭。因此赫迪．瞬認為要緊的是趁幼時發掘在演藝界的天分，只要聽說有相貌及歌喉出色的孩童，他就會親自前往任何地方探訪。

當然，那些消息絕大多數都是空包彈。公司同事得知赫迪．瞬不惜犧牲假日把心力花在發掘人才，還曾經將他評為「有心情在假日工作的傻瓜」。

但是──那傻氣的行動──也有讓他從沙漠當中撿到寶石。

在人口稀疏的地方節慶上唱歌獻藝的少女。那畫面太美，歌聲空靈澄澈，讓人疑惑偏鄉怎麼會有如此的女孩……社群網站出現過這種空洞氾濫的留言。

赫迪．瞬只看字面上的情報，就跟那個社群網站的用戶取得聯繫，並查出節慶是在什麼地方舉辦，跟當地居民到處打聽，問出了那名少女家住哪裡。

遠離城鎮的獨棟民宅。

不可思議的空間。位處深山卻有氣派的建築物，還種了蔬菜與果樹。雖然也有飼養豬雞，最吸引目光的卻是農畜機械化這一點。更可看見掛在樹幹的吊床等運用自然環境的遊樂器材，有著令人懷念的恬適感。

深山裡被整頓得井然有序。探頭望向最接近的小屋，書本堆積如山，簡直像圖書館一樣。

『——你是誰？』

有聲音從樹上傳來。

仰頭看去，是個在樹蔭下顯得耀眼動人的金髮少女。

——這孩子，就是社群網站上提到的女孩。

爬在樹上，臉龐沾著泥巴還笑得純真無邪的野孩子。

然而從她眼裡看得出知性，還散發一股讓人說不出的氣質，吸引觀者的魅力更是非比尋常。

由於鄉下與這女孩實在太不協調，赫迪・瞬對她的父母及成長環境也感到好奇。

『能不能讓我跟妳的父母見面？』

話說完，少女就看似開心地帶路，幫忙介紹了正利用空拍機在田裡播種的父母。

她的父母露出笑容後便邀請赫迪・瞬到家裡作客，還聊了許多事。

據說這女孩是六個兄弟姊妹中的老么。

赫迪・瞬任由興趣驅使，請教了各種細節。於是，他得知對方住在這種地方是基於信念。

少女的父母都畢業自全球頂尖的大學，原本在美國從事最新科技的研究。

然而他們認為與自然共存才重要，便從公司離職。據說家中儲蓄已經足夠，因此夫妻倆移居到目前的住處後，就一面隨興從事研究，一面過著自給自足的生活至今。

從這座祕境到小學的路程超過一小時，但這裡牽了網路線，在資訊方面並不會落伍。少女的兩名哥哥與三名姊姊都很優秀，小屋裡更蒐羅有許多書籍，她的學力理所當然地超前同齡學童好幾年。長兄是在這座深山長大，明明連高中都沒有正常出席，如今似乎已經跳級就讀於史丹佛大學。

自然與尖端科技共存；日本人父親以及芬蘭人母親；能夠毫無隔閡地被歐美接受的金髮藍眼；野性與強烈好奇心。

在這天，赫迪．瞬從出生以來頭一次向人下跪，就為了拜託少女的父母將孩子託付給他。

——因為他篤定只有這女孩能成為制衡世界的明星。

「真正的明星，要透過『自幼的頂尖教育』琢磨其『頂尖的天分』才會誕生。我們非得打造出真正的明星，改革目前靠著套關係與得過且過就吃得開的演藝界。所以一定要由我們樹立成功的典範，妳懂嗎，小雛？」

「是的，製作人！」

少女像個在教室率先回答問題的女同學，迅速舉起手。

「面對有天分的人，我們站在製作方的立場應該從『排除私情』開始著手。該做的就只有指引路途，給予能促進成長的工作，隔離一切雜訊，為其取得更好的工作而已。還有藝人若是拿出了成果，就應給予相應的報酬，這很要緊。可嘆的是有太多人連這種理所當然的業務關係都經營不好。」

「但是製作人不一樣！製作人會帶領我前往下一個境界，對不對！」

赫迪・瞬面對充滿期待的眼神，用力地點頭。

「這還用問。」

赫迪・瞬拿起了擱在辦公桌上的文件。

「我不在的這段期間，妳的工作量變少了一些……這樣正好。就利用空出來的時間進行籌劃吧。新種子要趁著花開時播入土壤。當然，我對妳的偶像活動也會採取改進的措施。小雛，妳現在心情如何？」

赫迪・瞬遞出文件。

少女收下文件，還緊緊抱到胸前。

「我很期待！我想起了製作人從鄉下帶我來到東京時的情況！」

蘊於少女眼中的星辰輝耀發光。

赫迪・瞬想起來了。

（沒錯，無異於當時——）

首次帶小雛到東京的日子，她被高樓大廈的光芒迷住了，即使從旁提醒「該走嘍」，她仍表示「再一下下」，在原地杵了一陣子。

蘊藏在她眼中的光芒是發自好奇心的光彩。

許多人隨年月流逝得知現實後，將逐漸黯淡佚失的可悲光彩。

然而她卻絲毫未滅地保有當時的光彩。

「太棒了……！妳那無窮的好奇心！正是立於頂點者具備的資質！」

赫迪・瞬露出了簡直令敵對者無法置信的溫和笑容。

「沒錯，妳站上的仍只是其中一座山頭罷了，眾多高峰另有所在。而妳應該成為世界最高峰的登頂者。能與妳再次並肩齊步是我的驕傲。」

「是的，我也一樣，製作人！」

少女夾緊雙腋，擺出了可愛的奮鬥架勢。

——她的名字是「虹內・雀思緹・雛菊」。

年僅十五歲就站上偶像頂點的天生巨星。

＊

「體諒我，群青」事件讓私立穗積野高中的學生受到了極大震撼。隔天事情便傳遍全校學生耳裡，每個人聊的一律是這個話題。

——然而……

實際上，話題大半不是圍繞在「末晴與哲彥熱戀」的內容。

「那個姓丸的臭小子一直都對志田同學她們痴迷，哪有可能跟甲斐熱戀啊。」

「哎，想也知道嘛。那傢伙有了粉絲團就得意起來啦。聽說粉絲團裡還發生糾紛，我看他是為了把事情擺平才演的吧。」

「八成是那樣～～」

連交情普通的同學，大多都理所當然地「體諒」到這一層了。

因此末晴粉絲團裡的女生幾乎都正確理解了末晴行動背後的意義。

「原來，末晴寶貝苦惱到被迫那麼做啊……」

「雖然我是末晴學長的粉絲，但就是身為粉絲才不希望他為難……」

「丸末晴總受的發展在腦裡比較有戲，或許該趁現在收手……」

「末×哲的配對出乎意料，卻讓我入坑了！感謝！」

如末晴所願，大家都有「體諒到他的難處」，當下卻陷入了「正因為可以體諒才導致沒有人跟末晴講明」的狀態。

只不過，也有一小部分的人信以為真。那些大多是跟末晴或哲彥毫無交集的同學。

「咦～～發生過那種事情啊～～！」

「我啊，當時都看見了。雖然也有說法認為他們兩個是親假的，不過肯定搞錯了。那明明就是『深情一吻』。」

「哦～～我看影片沒感受到那種氣氛耶，原來是那樣～～」

即使彼此認識，當然還是有人把謠言照單全收。

「喂，那波！跟姓丸的一起吃過飯以後，感覺他人也不壞嘛！彼此都在談高門檻的戀愛，以後就互相打氣吧！」

「呵，你說得對……小熊。」

「ＨＡＨＡＨＡ，兩位學弟真單純。在下倒不討厭你們這種憨直的為人。」

「體諒我，群青」事件便這樣猛然傳開，並且在大家的善意與顧慮之下，全然沒有流傳至外界就迅速平息了。

＊

穗積野高中回歸平穩的某天放學後。

我剛踏進社辦，便發現群青同盟的成員已經在座位上等著了。

「你遲到嘍，末晴。」

「抱歉，哲彥，我拿書還給喬治學長才耽擱到的。」

「小晴，原來你不知不覺中已經跟那個學長混熟了啊……」

黑羽摸了摸四葉草髮飾，然後聳起肩膀。

但是語氣裡並沒有責備的調調。黑羽不會認為跟人打交道是負面的事情。她肯定是覺得我明明跟對方發生過衝突，卻還可以混得這麼熟，才感到傻眼而已吧。

「要說的話，末晴哥哥跟小熊學長還有那波學長也一樣混熟了。」

真理愛用手指捲了捲從肩頭流瀉而下的波浪捲髮，並且噘起嘴巴。

看來真理愛抱持的想法是「跟喬治學長混熟無所謂」，「但是跟黑羽及白草的非官方粉絲團團長小熊和那波混熟就讓人不是滋味了」。

「明明之前關係那麼差耶……男生有些地方就是這麼莫名其妙。」

「我難得跟妳們有同感。」

白草對我投以冷冷的眼神。令人畏懼，同時也令人覺得美麗的眼神。

連拉近彼此距離，開始習慣跟白草相處的我，有時候被這種眼神直直盯過來還是會變得畏縮。這種酷勁應該是她在學校裡被奉為高嶺之花的主因吧。

我姑且打了圓場。

「之前小熊和那波請客吃飯時，我跟他們閒聊過。那兩個人確實熱血到有點煩啦，為人倒還不錯耶。雖然對待小黑與小白的態度近乎性變態就是了。」

「小晴，問題就在你說的『近乎性變態』。」

嗯，也是啦，的確。

白草好像認為有必要舉出更具體的例子。她朝玲菜瞥了一眼。

「小末，比方說……對了，假如坐旁邊的淺黃學妹把你脫掉的襯衫拿來聞，還說出『吸吸嗅嗅』之類的詞，你會做何感想？」

……原來如此。這似乎就是純真的白草所能想到的「近乎性變態的行為」。

「欸，可知學姊——」

被牽扯進離譜例子的玲菜無言以對。

我默默望向玲菜。

馬尾與尖尖的犬齒。外表開朗而留有稚氣，上圍卻豐滿得任誰都會忍不住多注意。

我在腦裡想像出玲菜吸吸嗅嗅的畫面，然後做了結論。

「——感覺不壞耶。」

「大大，什麼叫『感覺不壞耶』！」

我被人從背後踹了。由於玲菜一手還拿著攝影機，似乎就用了腳。她應該是將力道放得很輕，我只覺得被人隨口吐了槽，並不會痛。

「大大到底多變態啊！你就是這樣才會被學妹看扁喲！」

「我試著冷靜聽了妳的意見——嗯，像這樣被妳臭罵也不錯。不，我反而開始覺得對味了。欸，哲彥，你不這麼覺得嗎？」

站在白板前的哲彥把筆射過來，命中了我的頭。

「早說過別向我尋求認同了，傻瓜晴。」

「下次再出現一樣的發言，我就要控訴大大性騷擾喲。」

唉～～你們依舊這麼要好，都一個鼻孔出氣。

我無奈地將事情敷衍過去，然後找了個空座位。

群青同盟裡並沒有固定的座位。

因此我來到坐門口附近的白草身旁就座。

「那麼，所有人都到齊了，現在要來討論群青同盟的下一項企劃嘍。」

哲彥拍了拍白板要大家注意。玲菜則用攝影機將到齊的成員臉孔都拍了一遍。

（……這套流程也實在駕輕就熟了耶。）

當我如此心想時，白草就將身子湊了過來。

白草的長長黑色秀髮掠過眼前，芬芳的香氣挑逗鼻腔深處，讓我心跳加速。

「小末，這是不是表示甲斐同學的情緒差不多已經平穩下來了？」

「難得聽妳關心哲彥耶……因為妳還是會怕嗎？」

「嗯，沒錯。那固然也是原因……」

白草將音量進一步放低。

「其實，是芽衣子對他有點介意。」

峰芽衣子。體型稍有福態的同班同學，據說是白草唯一朋友的溫和女生。

不過——原來如此。白草本身對哲彥沒興趣，但是因為她的朋友感到介意，才會用那種委婉的說法嗎？

「峰會介意？她跟哲彥有交流嗎？」

「我想是沒有……不過，照她的個性來看，感覺只是在介意甲斐同學會對班上造成負面影響。畢竟她似乎希望盡可能低調探聽這件事。」

原來如此，峰的顧慮並非無法理解。

哲彥有段時期發出的耍狠氣息曾經使班上氣氛惡劣，凶到平常會在教室吃午餐的一些人都跑去學生餐廳避難了。

不過，現在到底是平息下來了。因為大家都怕哲彥，幾乎也沒有人敢直接過來嗆我。

即使如此，哲彥仍然像一顆不知道何時會惹事的未爆彈，性情敦厚的峰會透過白草這個朋友來向我打聽，感覺是合情合理。

「總之，不要向他提起『體諒我，群青』事件應該就沒事。」

「也對呢。」

目前，連在群青同盟裡也有「不能談這個話題」的沉默共識。畢竟女成員全都了解背後的隱情，我也希望淡忘這個話題，所以要冷處理倒是無妨。

順帶一提，哲彥完全沒有針對這次的事情責備我。他應該是判斷照現況而言，不去自揭瘡疤應該最妥當。

倘若哲彥在教室胡亂向我發飆，坦白講——「會引起疑心」。

進一步來說——就是會更加「引人體諒」。

哲彥肯定是因為這樣，才決定將「體諒我，群青」當成沒發生過。

「話說坐那邊的，我希望你們別在會議中打情罵俏。」

哲彥帶著沒好氣的眼神提醒，在牆際則有玲菜將鏡頭固定並且連連點頭贊同。

我忍不住反駁：

「我、我們才沒有打情罵俏！」

「對、對嘛！你這是刻意刁難！」

「哦～～……」

黑羽這句「哦～～」太恐怖了……簡直讓人懷疑她是不是繼承到魔王的力量……

「好了好了！你們可別鬥嘴！有事情非得在今天談妥才行！」

黑羽嘆了口氣，並且爽快地帶回正題。

「哲彥同學，所以你又接到什麼委託了嗎？」

黑羽平時的思緒切換之快與貼心實在幫了大忙。

儘管黑羽的外表像小動物，討論時卻能保持冷靜，在可愛中還散發出知性。這應該是因為她身為長女，在姊妹之間主持公道的經驗夠久。

「對，說到這件事，這次我接到的委託大致上可以分成以末晴、真理愛為主的演員路線，還有偶像表演的路線。」

「咦，還要走偶像表演的路線？我才不要。」

黑羽蹙起眉頭。

白草似乎也一樣排斥，因此閉上眼睛，從全身釋出予以拒絕的氣場。

「投票沒過就不會答應業主啦，所以妳們放心。從委託數來看，坦白說那種路線是占得最多的。」

「同盟接到的偶像表演委託，都是些什麼樣的內容？」

我有點難想像，便試著深入問了一句。

「像是協同地下偶像參加表演活動，或者握手會之類。另外也有接到商業性質的委託，比如在建商樣品屋或購物中心舉辦的活動表演。」

「啊～～原來如此。」

該怎麼說，因為我們都是學生，演出費低廉又還算有名氣，也許那些業主就覺得很好利用。找同盟跟地下偶像一起表演，單純就是看上真理愛或白草的知名度吧。

「我絕對不接那種表演。門都沒有。」

「人家並無否定工作內容的意思，卻不得不說以現況來想，幾乎感覺不到答應下來有什麼好處呢。」

白草、真理愛也都反對。哎，這是當然了。

「還有對群青同盟全體成員的委託，來自ＷｅＴｕｂｅｒ或ＶＴｕｂｅｒ的合作案都為數可觀。

畢竟之前跟其他社團的對決企劃得到了不錯的評價，有很多委託是希望跟我們進行對決。哎，這類委託隨時可接，我認為可以視業主及內容慢慢嘗試，你們同意嗎？」

「敢問你提到的業主及內容，是由誰根據何種基準來挑選的？」

白草的戒心應該是來自對哲彥的不信任吧。

「要說的話就是我啊。」

「令人擔憂呢。我可不想跟一些怪人有牽扯，或者被迫玩看不慣的花樣。」

白草的針砭有道理。我就跟著幫腔吧。

「我也跟小白持相同意見。比電玩遊戲的話倒是隨時都可以，不過突然叫我們參加大胃王比賽就頭痛了。」

假如要玩一些出賣身體的花樣，我實在不能讓女成員上場。話雖如此，哲彥八成會靠著好本事加好口才遁辭吧。

既然如此，可以想見之後就是有事都讓我扛的套路。我不想吃那一套，才有意先聲明此路不通。

「哎，可以啊。我也覺得挑企劃麻煩。往後我會把接到的委託都列成清單，然後，再根據清單跟大家討論，挑選有希望的備案。接著才投票決定接不接，行嗎？」

「嗯，不錯。」

排斥心最強的白草一旦點頭，幾乎就形同定案了。黑羽和真理愛也沒有提出異議。

「那我們從下次開始照辦。玲菜，妳能幫忙列清單嗎？」

「郵件與網路聯繫本來就是我在管理，沒問題喲。」

「……抱歉讓妳多費工夫，淺黃學妹。」

「不會不會，誰教阿哲學長就是這種人，可知學姊當然要擔心嘛。」

哲彥狠狠地瞪了玲菜。

「這話是什麼意思，玲菜？」

「沒別的意思，就跟字面上一樣～～阿哲學長最好反省平時的言行喲。」

哲彥不爽歸不爽，卻沒有反駁。

「那麼哲彥，有哪些工作主要是想委託我跟真理愛演戲的？」

「有連續劇及舞台劇的委託。這是從專業角度委託你們，並非針對群青同盟。不過呢，就我瀏覽過的項目來看，都沒有主角級角色。哎，沒有加入經紀公司就等於沒人幫忙行銷，除非有業主特別來指名，否則要拿到主角級角色應該有困難。」

「嗯～～說得也是～～」

我的本能不禁想要爭取好角色，然而求得太多應該會誤事。

「我是覺得啦，這樣對你們兩個倒沒什麼不好吧？畢竟要是接下主角級的角色，會連上學都不能正常到校喔。你們都打定了『讀高中的期間要過符合高中生身分的生活』對吧？」

「我懂啊。至少我認為可以維持現狀到畢業。」

「人家也一樣。至少目前是如此。」

真理愛帶著嚴肅的表情點了頭——然而她那麼做，從輕柔秀髮盈湧而出的嬌憐氣場就相當驚人，因此給人的印象是可愛感甚於嚴肅感。

「要主演的話，大可等到高中畢業後。人家覺得目前這種生活的學問深了一萬倍，在將來更有機會學以致用。」

「哦～～妳還是這麼有自信呢，真理愛。」

「因為人家說的都是事實。」

「話雖如此——」

哲彥將話鋒一轉。

「談到這方面，即使想登上大舞台有困難，我是覺得末晴和真理愛多少要有在人前演戲的機會比較好啦，免得直覺生鏽。那應該叫舞台上的直覺嗎？」

「學長這麼說——並沒有錯呢。」

哲彥依然懂得抓準重點提出吸引人的主意。多虧如此，連真理愛都被他牽著鼻子走了。

舞台上的直覺確實存在——至少我這麼認為。比方踢足球要是久久沒有跟人比賽，想跟上腳步就得花時間。正式上場有其特別的空氣與緊張感，能磨練的話當然是多磨練比較好。

「聽你的口氣，是不是有什麼企劃想提出來？」

「喔，不愧是志田，妳真懂。」

哲彥彈響手指，用黑筆在白板上寫了起來。

「所以嘍，這次我想推出的企劃是——『在大學校慶演話劇』。」

「哦～～話劇啊～～」

這麼說來，我跟哲彥原本是規劃要在校慶演話劇的。因為白草提出了利用告白祭的企劃，結果就改掉了。

「等等，已經十一月了喔！如果是大學校慶，一般都會在十一月中旬舉辦吧？」

白草從旁插話了。

「是啊。正式上場大約在十天過後。」

「準備期間太短了！有許多諸如角色分配的事項要決定，還有腳本與大道具——」

正如白草所說。

演話劇一般會希望有幾個月，最短也需要一個月的時間來籌措與練習。

何況在演藝界，從正式上場一週前就閉關於劇場排練是理所當然的。

考慮到這些，假如我們從現在要從零起步，即使每天都翹課花一整天練習與籌措，算起來還是趕不上。

「可知，等一下。那部分的問題幾乎都解決了，而且當中還有隱情。」

「……隱情？」

「我依序跟你們說明。玲菜，幫忙把東西發下去。」

「了解。」

哲彥用下巴指示掌鏡的玲菜，玲菜就將擱在手邊的小冊子發給我們所有人。

「這次的委託，是由慶旺大學的廣告研究會與話劇社『茶船』聯名發出的委託。」

「哦～～原來你說的大學校慶，是指慶旺大學啊。」

「沒錯。」

我噘起了嘴巴。

「想也知道嘛，慶旺大學不就是那所有錢有長相有腦袋的人在念的學校嗎？聽說阿部某某學長就考上了那裡～～難道說，我們還要去給那種在人生中過得應有盡有的現充當肥料嗎～～？」

「我不討厭你那種彆扭的性子，但只有這項委託是恰好合適的。認命當工作看待吧。」

「嘖，被你這麼說，我還能反駁什麼～～」

黑羽舉起手。

「啊，哲彥同學，我可以說句話嗎？」

「怎麼樣，志田？」

「這個企劃，還沒有表決通過就是了，但我是以此為大前提在發言喔。」

「嗯？妳想說什麼？」

「去年，我跟朋友去過這間學校的校慶，卻受到了廣告研究會的那些人搭訕騷擾。老實說，我不太想跟他們有牽扯。」

「！」

黑羽大概是想起了當時的事情，因而擺著一副苦瓜臉。

對喔，去年黑羽有提過，她去參觀校慶卻碰到許多人搭訕而吃了苦頭……原來她去的是慶旺大學嗎……

嗯～～聽了這件事以後，感覺還真複雜耶～～～即使知道黑羽沒被對方怎麼樣，我心裡還是有疙瘩耶～～～

「啊～～……」

哲彥難得露出了苦惱的模樣。

「……我知道了。我會跟對方講好條件，禁止向同盟的成員搭訕、詢問聯絡帳號及各種騷擾行為，並且把這當成接受委託的大前提。那我們可以繼續討論嗎？」

「那樣的話，可以是可以……」

白草和真理愛聽說有這種事，應該都產生了厭惡感。

她們板起了臉孔各自表示：

「希望你跟他們說清楚，敢毀約的話最好要有心理準備。」

「說得對，那是人家答應委託的最低條件。」

被女成員們耳提面命，哲彥安撫起來也很費力。

「我明白。這件事我會向對方明確要求，所以拜託讓我繼續說下去。」

女成員們總算是心服口服。

哲彥清了清嗓，改換心情開始對我們說明：

「原本的企劃是由話劇社團『茶船』發起，在他們的畢業生中有一個這陣子演連續劇變有名的女演員叫『ＮＯＤＯＫＡ』，社團就想邀請她上台表演。據說一開始是打算請她表演脫口秀，對方卻表示：『自己到底是個女演員，恕難接受脫口秀的委託。但如果是演戲就可以配合。』」

這樣啊——真理愛應了一聲並嘀咕：

「人家沒有跟ＮＯＤＯＫＡ小姐直接交談過，但她是一位公認有熱忱且態度誠懇的職業人士，感覺在社會的人氣也可以說是扶搖直上。」

「然後，為了盡可能減少ＮＯＤＯＫＡ小姐的負擔，社團那邊就挑了表演時間短，還是在她擔任代表時下筆完成腳本的《人魚公主》這齣戲。」

原來如此，既然是自己以前寫的腳本，內容總還記得大概吧，再說人魚公主也不是多長的故事，負擔應該並不大。

我問了哲彥。

「你說表演時間短，到底是多久？」

「聽對方說是三十分鐘。」

一般提到話劇，正式的戲碼會演兩小時左右，即使較短也有九十分鐘。那確實滿短的。

「然後呢，明明NODOKA小姐要表演，怎麼又來委託我們？」

「NODOKA小姐好像病倒了。雖然沒有生命危險，但必須靜養一個月。所以就得急著找人代演了，可是期程這麼倉促，很難找到有名氣的人答應接棒。」

「啊～～」

生病是嗎……真可憐。降板也是不得已吧。

白草語帶嘆息地說：

「原來當中有這層因素。既然本來就定好戲碼了，大小道具都已經備妥，音響設備等等也不會有問題。所以你才說十天內可以上場。」

「對。要雕琢角色當然還是有其難處，不過呢，對方就是看上末晴與真理愛的名氣與話題性才來委託的。哎，期間這麼短，感覺盡力而為就好。」

對方看上的是我們，這話聽了有點欣慰耶。表示以往的演技得到了認同。

但是只看上名氣與話題性的話，沒必要只找我們兩個人。

「喂，哲彥，這次委託，找的只有我和真理愛嗎？」

「唔～～『最低條件』是『要有你們兩個人登台表演』。」

……他的用詞依舊在賣關子耶。

真理愛確認：

「這表示哲彥學長、黑羽學姊和白草學姊也可能會視情況登台。」

「具體來講，我是希望讓志田與可知嘗試演戲。不過，妳們兩個都沒有演戲的經驗吧？」

黑羽怯生生地說：

「我在小學時演過一次話劇，記得算是公主的角色吧？但老實說，我覺得自己幫不上忙。」

「我則是在之前的音樂宣傳片第一次演戲。」

「嗯，我想也是。那要是這個案子表決通過，妳們就先試著參加排練，再決定是否要以演員的身分上台，可以嗎？」

「也對。」

「我明白了。」

哲彥拍了拍發下來的資料。

「要進入總結嘍。話劇社邀請了身為校友的女演員。難得找到有名的校友回來參加校慶，他們希望曝光度更高，所以就商請廣告研究會給予協助，加強宣傳力道，而且也在大學裡登記到規模最大的舞台了。然而——」

把話打住的哲彥刻意聳聳肩。這是他常有的習慣。

「那名女演員卻突然生病而無法登台表演，所以我們才接到了委託。末晴與真理愛有名氣，也有話題性。考慮到期程如此緊迫，恐怕找不到比我們更理想的接棒人選了。所以我覺得對方會盡可能替我們設想，比如志田剛才提到的條件，應該就會被嚴格遵守。」

「……確實沒錯，既然碰到那種狀況的話。」

黑羽表達過她的擔憂，但聽過內情以後似乎對這件事積極了一點。

「我覺得好就好在這是短期的企劃，所以對課業影響不大吧。」

真理愛立刻附和哲彥的意見。

「還有，剛才哲彥學長提到了『免得舞台上的直覺生鏽』，人家覺得這一點也不容忽視。末晴哥哥，你說對不對？」

「是啊。畢竟在群青同盟的表演都很短，又幾乎沒有臺詞互動。」

廣告、音樂宣傳片、《Child King》的真實版結局——每段表演都只有幾分鐘。因為我才剛復出演藝界，有角色能演就相當感激了，卻也覺得自己差不多該挑戰較有劇情性的演出……這亦屬事實。

「人家也覺得這個機會很寶貴呢。要在十天內練習到能在人前表演是很辛苦，但若當成給自己的課題，也不失為一種選擇。既然是大學的校慶，並非職業級舞台的環境也有輕鬆之處。」

「說得對。」

白草嘀咕了一句。

「或許，我是第一次看小末演話劇呢。」

哦，從發言判斷，白草已經傾向願意接下企劃的那一方了。

由於白草表示有興趣，我起了點賣弄的興致。

「我啊，原本是劇團的一分子，出道前反而是以演話劇為主喔。雖然當時的畫面我想一般是不會流通到外界啦。」

哼哼——我試著炫耀自己的經歷。

白草亮起了眼睛問：

「這樣啊，說得也對。上舞台表演的感覺跟站在攝影機前是不是有差異呢？」

「當然完全不同，表演的方式自然也要跟著改變才可以。演話劇不是會將動作誇大，或者在出現長串臺詞時到處走動嗎？在攝影機前那麼做就會顯得很刻意。」

「哦～～小末好厲害！」

「哎呀～～沒那回事啦～～」

糟糕，被白草用粉絲般的眼神凝望，感覺好開心！

誰教白草原本就是我憧憬的對象，還是一位作家！

被這樣的女生大力稱讚，我不禁笑逐顏開——

「末晴哥哥……賣弄對演員來說屬於一般常識的知識，藉此博取女性粉絲的好感，這樣的行為恐怕值得非議喔……」

「唔——」

真理愛搬出了大道理，我便決定乖乖閉嘴。

「閒聊到此打住吧。關於這個案子，今天就是回覆對方的期限。因為時間很緊迫，要是無法指望我們這邊，對方似乎還得立刻找別人。」

「那就來投票吧。看大家的臉色，感覺結論差不多已經出來了。」

黑羽一提議，所有人都陸續點了頭。

投票就此開始。

…………

…………

……

「……最後一票也是○。○有五票，全體通過這項表決。」

啪啪啪啪——社辦裡響起徒具形式的掌聲。

這次活動會以我和真理愛為主嗎……

「真期待耶，小桃！」

「是啊，人家跟末晴哥哥的搭檔終於復活了！這樣就所向無敵嘍！」

真理愛對我回以滿面的笑容。

雖然這個女生平時大多帶著笑容，卻有類似演戲成癮的症狀，所以要在這種工作相關的場合看起來才會笑得比較真情流露。

形容她「笑得真情流露」或許怪怪的，然而我常會疑惑她的笑容「是不是裝出來的」。

那並不是壞事。態度一向親切和氣的人，難免會有陪笑臉的成分在其中。那是為了讓自己跟他人處得圓滑才掛在臉上的善意笑容，反而可以稱作優點吧。

真理愛正是如此。笑口常開可以給人良好的觀感，也容易親近。

不過那樣的人也會有弱點，那就是「擅於隱藏自己的想法過了頭，旁人便察覺不到其真正心聲」。即使心裡頭其實正在痛苦，外表也有可能看不出來。剛才我會形容真理愛「笑得真情流露」，就是因為感受到她平時不太會顯露的真正心聲。

「……小桃學妹，我能說句話嗎？」

「學姊想說什麼呢？」

面對黑羽的問題，真理愛俏皮地偏了頭。

「嗯～～我有種說不上來的直覺。」

「是嗎？」

「這次的企劃，妳裝得平靜無事，感覺卻很賣力在幫忙推動。我剛才就用手機查了一下。」

「查什麼呢？」

「小桃學妹跟NODOKA小姐演出連續劇的情報。」

「那又怎麼了嗎？」

「……小桃學妹，妳跟NODOKA小姐合演過，對不對？」

社辦裡的氣溫好像突然下降了。

「咦？那就表示……？」

白草困惑了。

坦白說，我也沒料到會演變成這樣，腦袋的思路跟不上她們。

「小桃學妹，剛才妳好像提到『人家沒有跟NODOKA小姐直接交談過』……是我聽錯了嗎？」

原來如此，我聽出玄機了。換句話說，黑羽認為「真理愛明明跟NODOKA小姐有接觸，卻想裝成毫無接觸就偷偷讓企劃通過」，才會提出質疑。

該怎麼說呢……厲害耶。

假如這是真的，若無其事地說謊讓企劃通過的真理愛，還有察覺其中蹊蹺的黑羽都很厲害。

黑羽發出的冷冷氣息讓社辦涼透了。

空氣隨之凍結，社辦彷彿突然變成了雪山。

儘管處境有如待在暴風雪當中，真理愛仍嫣然一笑，微微偏過頭說道：

「人家跟她演出的集數不一樣啊。」

「以前我聽小晴說過，戲拍完開慶功宴時，都會邀請參與的全體演員到場耶。」

「……也是有那種情形呢。」

「按照我的推測，小桃學妹是不是受了NODOKA小姐之託，要讓群青同盟接下這項委託呢？從小桃學妹的立場來想，有演員方面的工作就可以跟小晴多互動，所以也樂得答應對方，然後就跟哲彥同學一搭一唱，讓這個企劃通過了……我有說錯嗎？」

「學姊怎麼會這麼說呢。」

真理愛顧左右而言他。

原本蹙眉守候著話題進展的白草在這時狠狠地瞪了真理愛。

「原來……是這麼一回事！我就在想事情未免太湊巧了！」

受到兩人指責，真理愛也實在推諉不了。她只能低下頭，保持默默不語。

「妳倒是說些話啊，小桃學妹！」

現場出現短暫的沉默。

於是在下個瞬間——

「呵呵，呵呵呵呵——」

「「「！」」」

真理愛發出了陰險的笑聲。

有別於平時的氣息，讓所有人都噤聲觀望起事情的演變。

真理愛緩緩起身，然後背對著我們，只將臉斜斜地轉過來，還露出邪惡的表情說：

「學姊可真是名偵探呢——沒錯，人家正是凶手……！」

「…………？」

我歪過頭。

奇怪，什麼時候變成在演懸疑劇了？

「末晴哥哥，你看到了嗎！人家精湛的演技！你覺不覺得人家也能演懸疑或推理的戲碼？」

「嗯，我有看到，妳演得不錯──話說，我們本來在討論什麼？」

「小晴！不要被她的氣勢騙了！我在說的是小桃學妹暗中使了手段，想讓這次企劃通過！」

啊，對喔。

真理愛的演技太過震撼，讓我把話題都拋到腦後了。

「妳很有一手，名偵探黑諾瓦爾。」

「亂掰什麼西洋名字！」

「咦！照這樣的話，我的名字會變得像某咖啡廳的菜單項目耶，妳們別鬧了！」

啊，客美○咖啡的冰與火原名就是白諾瓦爾。那個我很喜歡。

「請放心，白草學姊，輕易上當的妳連華生都無法勝任，頂多只能飾演發牢騷之後首先遇害的千金小姐Ａ。」

「妳真的是不知好歹──」

「停停停！」

我一插嘴打斷，真理愛立刻就躲到我的背後。

「小末，你讓開！」

「妳們冷靜一點啦！」

「呸～～」

真理愛仍躲在我背後，還吐舌做了鬼臉。
我仿照摔角的鐵爪功掐住了真理愛的臉頰。
「……喂，小桃，妳就別火上加油了。」
真理愛的臉比想像中小，臉頰則比我想的還要柔軟。
我對此感到動搖，可是這時候給她好臉色的話只會舊戲重演。我狠下心繼續在手掌施壓。
然而——
「呀啊，討厭啦，末晴哥哥。擺那麼恐怖的臉色，可惜了一張帥臉。」
「妳依然不打算道歉耶！」
真理愛什麼時候學到這種厚臉皮的功夫啊！欸，以前妳是不信任他人的吧！
哲彥嘆了氣。
「那今天的會就開到這裡。之後我會立刻寄出答應委託的郵件，等晚上拿到劇本的文件檔再轉發給大家。末晴和真理愛要演的角色應該已經確定了，所以麻煩你們早一步開始對戲。」
「了解。」
「人家明白了。」
「啊，還有——」
哲彥著實把話講得像是無關緊要。

「我從某個管道接到了消息，說是真理愛的父母或許會來跟她相見。麻煩大家都要幫忙因應這件事。」

重要的情報被他隨口道來，我一瞬間無法完全理解。

「慢著……咦？你在說什麼……？喂，哲彥……」

我不明所以地脫口回話。白草則是冷靜問道：

「你怎麼會提到桃坂學妹的父母？事情的問題有這麼嚴重？雖然我只稍微耳聞過，她是跟姊姊兩個人同住，而且當中有複雜的家庭背景。」

從表情看來，成員當中最不清楚狀況的恐怕是白草。

我當然全都曉得，黑羽則是因為以前我提過好幾次真理愛的事，所以都還記得吧。萬事包辦的玲菜擁有獨自的情報網，可以視為她也多少知情。

或許正因為如此，反而只有白草一下子就反應過來。

「小桃，妳打算怎麼辦？要說出來嗎？」

我詢問真理愛，她便做了深呼吸，然後緩緩地睜大眼睛。

「畢竟各位學長姊對人家相當照顧，還是由我親口簡述狀況吧。」

真理愛說完前言後，做了以下的說明。

「我父母的為人相當有問題，假如姊姊沒有在國中畢業的同時帶著我從家中逃離，別說進演藝界，我可能早就橫死街頭了。」

「在我成名以後，父母曾一度跑到經紀公司索求金錢。」

「那次是多虧當時的經紀公司老闆妮娜．赫迪反應機靈，掌握到對方恐嚇的證據，靠著經紀公司施壓才讓他們變得安分。」

「離開經紀公司之際，我曾交涉過轉讓證據的事宜，瞬老闆卻表示：『東西弄丟了，無法立刻拿出來，會試著找一找。』那八成是騙人的。」

「因此我從以前就隱約設想過父母有可能會來找我。」

由於當中也混了沒聽過的情報，我試著向真理愛確認：

「小桃，原來妳的父母……有去過經紀公司啊。」

「對。那是末晴哥哥形同退隱後發生的事。因為人家的知名度竄升，就是在那個時期。」

真理愛表現得雲淡風輕，反而是我的火氣都上來了。

畢竟，這件事太令人不爽了吧。

在家裡施暴，逼得兩個女兒逃家，結果女兒出了名就跑來討錢？

真理愛的父母到底渣到什麼地步？我就直說吧，這等人渣可不好找。我甚至想好好說教一頓，叫他們用下半生贖罪。

可是——真理愛卻像已熄滅的火一樣心冷。

「喂，哲彥！為什麼他們『事到如今』又冒出來！如果是因為小桃離開經紀公司才找上門，還可以更早出現吧！」

「……我猜啦，是那個臭老闆在衡量要趁什麼時機打出這張牌。」

「時機？他有什麼企圖啊？」

「目前只能算是臆測，我就先不說了。然而真理愛的父母有了行動是無庸置疑，所以——」

哲彥朝群青同盟的成員望了一圈。

「得靠我們保護真理愛。具體而言，我認為應該由同盟成員陪她上下學。你們覺得如何？」

……原來如此。

萬一真理愛的父母來了，學校都有我們幾個在，家裡則有她姊姊繪里小姐在，所以最需要提防的就是上下學。

「哲彥學長，謝謝你的好意。」

真理愛深深低下頭，是可以看出良好教養的優美行禮。

「可是我不能給大家添那麼多麻煩。請容我婉拒學長的提議。」

「小桃！」

我無法不感到憤怒。

「妳會變得不信任人就是父母害的吧？那樣的人要來對妳不利耶！妳依靠我們就好了啊！」

「……終究只是『或許要對我不利』吧？」

哲彥拐彎抹角地駁斥真理愛的歪理。

「妳說的『或許』無比接近於『已經有行動了』。」

「那麼就假設他們已經有行動好了。可是末晴哥哥，人家已經十六歲了喔，並不是只會發抖的小孩了，是連結婚都不成問題的年紀。應付給他人造成困擾的父母，也是身為兒女的職責。末晴哥哥認為我是會輸給父母的那種人嗎？」

「呃……我倒不這麼認為……」

真理愛一路撐過演藝界大風大浪的膽識及狡黠，都非常厲害。要對付一般人，應該可以輕易將其玩弄於股掌間。

不過——

「對方到底不好惹。我擔心妳。」

「我也贊同小晴的看法。」

看來黑羽跟我一樣，聽了這件事以後也氣不過真理愛的父母。

她毅然幫忙補強了我的意見。

「小桃學妹確實精明，但我稍微聽了他們的事蹟，就覺得小桃學妹的父母是很危險的。問題不在於作弄人與否……基本上，我所感受到的氣息是……『只要跟他們有所牽扯就虧大了』。」

不愧是黑羽，形容得很巧妙。

沒錯，真理愛的父母差勁到不能牽扯上的地步。無論真理愛再怎麼懂事，我覺得都不能讓她獨自去面對。

「我也有同感。對方太惡質了，應該要有人隨時陪在妳身邊，一發生狀況就能立即協助。」

白草的語氣流露出一股無法壓抑的憤怒。

「桃坂學妹，容我不客氣地直說，關於妳父母這件事，光聽就讓人心情惡劣到了極點。說真的……豈有此理……我甚至在想，要不要拜託爹地幫忙安排幾名保鑣呢……」

「不不不，白草學姊！不用那麼費事！」

白草更進一步的提議讓真理愛露出為難的臉色。

我本身倒覺得這個主意不錯，然而真理愛不希望將事情鬧大，或許是因為她意識到這件事屬於家醜。

「那妳至少要接受我們的協助才對。」

「呃，白草學姊……感謝妳這麼為人家說話，不過人家自己也能應付……」

「感謝的話就該接納我提的主意。」

「可是……」

堅決不讓步的白草以及想設法推辭的真理愛。

介入兩者之間的人則是玲菜。

「桃仔，希望妳能接受我們的協助喲。」

「玲菜同學……」

對真理愛來說，玲菜的定位跟群青同盟的其他成員不太一樣。

玲菜在群青同盟裡是唯一跟真理愛同年級、同班的人。彼此最有對等的立場，關係也融洽。

被玲菜這麼勸說，真理愛似乎也受了滿大的動搖。

當我思索該怎麼補上臨門一腳時，黑羽嘀咕了。

「哲彥同學，你確定有這件事？」

「確定。雖然掌握不到何時會來找真理愛，但是她的父母肯定有了動作。」

「那就這麼辦吧，小桃學妹。」

黑羽直直地望向真理愛。

「──上下學，由小晴陪著妳一起行動。這樣有問題嗎？」

老實講，我內心是有這樣的念頭。

不過「由黑羽說出口就完全在意料之外了」。

「等等，志田同學！妳在說些什麼！」

白草發出訝異之詞。

「妳有什麼不懂的嗎？跟字面上的意思一樣啊。」

「可是——」

「跟小桃學妹最要好的是小晴，所以與其由我們陪伴，小桃學妹也會覺得這樣比較自在吧。再說小晴是男生，我認為在發生狀況時會比我們靠得住。」

「或、或許是這樣沒錯……」

「還有這次企劃是以演員身分參加的小晴與小桃學妹為重，之後由他們兩個進行討論或排練的情況也會變多吧？既然不管怎樣都需要待在一起，我倒覺得趁上下學時段完事比較有效率。」

黑羽的邏輯非常能讓人信服。

——假如她跟我之間並沒有「青梅女友」這層關係。

黑羽願意對我明說「她喜歡我」，私底下還跟我有了名為「青梅女友」這種接近情侶的關係。從黑羽的立場來想，自然會排斥我跟真理愛每天一起上下學才對。

所以我偷偷跟她耳語。

「小黑……這樣好嗎？」

「……我就是覺得可以才提議的啊。」

「是、是喔？」

「對呀。你要為她盡一份力。」

「……這樣啊。謝啦。」

我感謝黑羽對這次的事有所理解。

彼此是情侶的話，就算有隱情，也斷無可能答應讓男友跟其他異性一起上下學吧。即使因為「青梅女友」無權制止，內心當然還是會感到不愉快。黑羽肯像這次這樣主動提議，簡直是有違情理。

但是，實在感激她有這份心。

我聽到真理愛的父母要來勒索，就靜不住了。

萬一真理愛因為父母來找她而變得像以前那樣眼神黯然——光是想像就讓我背脊發冷。

非得設法保護真理愛才行。所以我本來是打著就算黑羽反對，也要陪在真理愛身邊給予協助的主意——不愧是黑羽，我以這樣的青梅竹馬為傲。

「所以說……妳覺得我的提議如何，小桃學妹？」

真理愛應該也對這項提議感到驚訝吧。

她狐疑地觀察黑羽的模樣，不久就嘀咕了一句。

「學姊同意的話，人家固然是欣然接受──」

「妳有什麼意見嗎？」

「……沒有。感覺上，這樣就欠了學姊一次恩情。」

「不用介意啊，我只是感到同情才會開口協助。妳願意當成恩情的話，我當然也很慶幸。」

黑羽淡然說著這些話，使我摸不透她的情緒。

我認為黑羽是真的在擔心，又覺得好像有什麼深謀遠慮的心思。真理愛掛懷的大概也是這一點。

「──我明白了。感謝學姊。」

結果真理愛接受提議了。換句話說，這表示上下學都會由我陪伴。

我鬆了口氣捂捂胸。這樣即使發生狀況，我也能從旁給予助力。

黑羽補充說道：

「不過我們姑且定個期限好嗎？比方說……對了，小晴陪妳一起上下學只到話劇演完為止。

假如到時候小桃學妹的父母都沒有來找她，只讓小晴扛起重擔也是不好，所以大家要就這件事再討論一次，妳覺得怎麼樣？」
「嗯，志田這套做法算妥當吧。」
哲彥表示贊同，對此便沒有人反駁了。
當天的會議就這樣宣告結束。

＊

開完會以後，黑羽看著末晴陪真理愛離開了學校。
於是當她自己也準備回家時，就被人叫住了。
「志田同學，我有點事情想請教耶。」
白草雙手扠腰，瞪了過來。
黑羽想無視對方，直接回家，感覺卻擺脫不掉。
黑羽聳了聳肩。
「……只要妳不介意利用到車站的這段路程談。」
「我明白。我先去牽腳踏車，麻煩妳等我。」
白草趕著離開以後，立刻就騎著腳踏車出現了。

兩個人便這樣並肩走出學校。

「剛才那件事，妳是懷著什麼想法？」

「哪件事？」

她們倆邊走邊談。

「別裝蒜。我是指妳叫小末陪桃坂學妹上下學那件事。」

「誰教小桃學妹碰上了大麻煩，我們得幫她才可以。」

「是啊，妳這話真為學妹著想呢。若非出自妳口中，我就會坦然聽進心裡……但妳並不是那種人吧？」

「過分，我明明就是真心那麼想的。」

「不然我換個說法。妳的提議的確是在替學妹著想，然而『妳並不會只因為如此就說出那些話吧』？」

黑羽嘆了氣。

白草是有她遜炮的地方，但腦袋並不差。

「可知同學，之前粉絲團那件事，妳在心裡是怎麼整理的？」

「何謂整理？」

「比如說，反省自己採取的行動。」

白草稍作思索，然後開了口。

「我後悔讓小末犧牲到那種地步。一直到現在，我都會思考有沒有更理想的辦法。不過小末割捨了粉絲團，還願意以我們為重，我當然是欣慰不已。」

「……哎，我在心情上有跟妳接近的部分，但事情會演變成那樣，我倒認為是我們三個人聯手所致。」

白草停下了腳步。她在抓著腳踏車手把的手上使勁，並且凝視黑羽的背影。

「什麼意思？」

黑羽同樣停下腳步，回過頭。

「妳回想看看，我們聯手以後有哪件事是順利的？」

「……沒有。在澀谷跟蹤時，結果也跟粉絲團的女生們變熟，還被甲斐同學巧妙利用……」

「沒錯，『組成聯合戰線導致我們失去了積極性』。妳不覺得正是因為我們了解彼此的行動力與構思能力，才難免會有流於觀望或者期待別人出手的情形嗎？所謂的多頭馬車就是像這樣吧。假如我們三個各自去對付粉絲團，我想事情大概會更快解決。」

黑羽咬牙切齒。

是的，聯手未必就有好結果。粉絲團一事正是這樣的模式。

假如要斷定輸贏，她們三個都失敗了，到最後還落得相當於和局的低水準之爭。

（不過，正因如此，這次我不會犯那樣的失誤——）

黑羽緊緊握住手。

「或許是妳說的那樣沒錯……但是那跟這次桃坂學妹的事情有什麼關係？」

「換句話說，我會照自己喜歡的方式去做，可知同學妳不如也照自己的喜好行事吧？就這麼簡單。這次，我打算以學姊身分盡量幫助小桃學妹。當然，即使小桃學妹跟小晴拉近距離，我也沒有打算去妨礙他們。」

「……咦？咦咦咦咦咦咦咦！」

白草訝異地叫出聲音。

黑羽對旁人的視線感到介意，白草卻只是猛眨眼。

「欸，這算啥？我所認識的志田同學會這樣？騙人的吧？妳有臉說這種話？該不會是吃錯藥了吧？還是妳又失憶了？」

「可知同學，既然妳身為小說家，我希望妳能多想一想措詞……」

「咦，可是，誰教妳……」

「總之我的方針就是如此。可知同學，請妳隨意吧。啊，不過有小桃學妹以外的人胡亂勾引小晴的話，我就會毫不客氣地阻擾。妳當然也算在內，麻煩先記住這一點。」

黑羽淡然告知，白草卻好像混亂不已。

「咦？特殊待遇僅限於桃坂學妹嗎……？在妳眼中，到底看到了什麼……？」

「告訴妳的話就等於聯手了。」

她跟白草是情敵，並沒有道理要托出一切。

黑羽逕自先走了起來。

「欸，妳等等！」

白草急忙追上去。

「這樣不像妳的作風！妳有什麼打算！」

「我說過，我會以學姊的身分幫助學妹——」

「那樣太可疑了啦！」

「可知同學，不然妳想怎麼做？要攪局嗎？」

在受到質疑以前，白草對於自己該怎麼做似乎並未拿定主意。

她垂下目光，慢慢把話擠出來。

「這、這個嘛……畢竟桃坂學妹的家庭環境太令人同情……我希望盡可能出力幫助她……」

「是嗎？那不就好了？」

「我就是覺得妳這樣的態度太可疑了嘛！」

逼問的白草，以及若無其事的黑羽。

兩人的對話在鬥嘴間並無進展，抵達車站以後就這麼分開了。

＊

我在吃完晚餐洗過澡以後回到自己的房間，就發現哲彥寄來劇本的文件檔了。

「啊，這上面寫的是NODOKA小姐的本名吧。」

劇本封面有「原作：漢斯・克里斯汀・安徒生」、「腳本：上出和佳【話劇社茶船】」這樣的文字。

「仔細想想，以童話為基底還滿稀奇的耶。」

大學話劇偏好演出原創的戲碼……我是這麼認為。因為大學不同於高中，根本沒有顧問，可以任意做決策。

相對地，水準落差幅度很明顯，從高中社團的衍伸到半職業水準都有。不時會出現才華洋溢的人在大學成立劇團，結果廣受歡迎，因而帶全體成員直接轉型為職業劇團的案例也不在少數。

當我想先掌握整齣戲的內容而瀏覽劇本時，真理愛打了電話過來。

『末晴哥哥，你看過劇本了嗎？』

「嗯，我正好剛開始讀。照之前說好的，我們來對臺詞吧。」

『好的。』

開完會以後，我聽從大家的決定，送真理愛到家。那時候，我們談到了劇本寄到後是否要一起對臺詞，我就答應了。

如字面所示，對臺詞就是拿著劇本互相唸臺詞。

重點應該在於「要實際唸出聲音」。

對臺詞有許多種方式，比如由導演負責讀舞台提示，或者一開始唸臺詞先不融入情緒，各有其用意及喜好所在。

哎，既然這次只有我跟真理愛，彼此已經定好角色——由我唸王子的臺詞，真理愛則是唸人魚公主的臺詞，其他角色就先隨意分配了。

「妳等我一下。」

我將手機切換成擴音模式，再操作筆記型電腦，試著翻了幾次劇本。

「好，ＯＫ。妳準備得怎樣？」

『人家這裡也沒問題。那就開始吧。』

於是我和真理愛開始對臺詞了。

……

…………

……………

【人魚公主　茶船版】

人魚公主在某天目睹了船上俊美的王子，因而對他懷有情意。

然而當天夜晚，暴風雨襲擊船隻，使得王子被拋到了海裡。

人魚公主急忙相救，卻無法帶身為人類的王子進入海中。因此她將王子帶到岸邊。

為了幫助失去意識的王子，人魚公主去尋找幫手，就找到了修道院。接著她引導在那裡的一名少女，讓對方發現王子。

人魚公主確認少女救了王子，便放心地從現場離去。

回到海底的人魚公主逐漸對王子情深意濃。

人魚公主受父母囑咐：『與種族有別的人類不會修成正果，只會落得不幸而已。』還被禁止與王子相見。可是她怎麼也無法忘記王子，煩惱到最後就去拜訪了遭到避忌的海之魔女住處。

在那裡，魔女告知人魚公主：

『妳若肯用美麗的嗓音交換，我就給妳能將尾巴變成人類雙腳的魔藥。不過妳要是無法貫徹對王子的愛意，就會化為泡沫消失在海中。』

雖然代價沉重，愛上王子的人魚公主卻將魔女給的魔藥一飲而盡。

喝完魔藥導致劇痛來襲，昏迷在海岸邊的人魚公主被王子發現。那時候她的尾巴已變成人類的雙腿。

人魚公主恢復意識，卻發不出聲音。

同情人魚公主的王子帶她到宮殿，並且予以照料。

能跟王子一起在宮殿生活讓人魚公主慶幸，但是在得知某項事實後，她感到愕然。

王子認定修道院的少女是「救命恩人」，還對她懷有情意。

（明明救王子一命的是我……為什麼會變成這樣……）

然而得到人類雙腳的代價是喪失聲音，因此人魚公主無法說明。人魚不使用文字，所以她也沒辦法以文章表達。

人魚公主陷入苦惱，王子卻以為她是因為發不出聲音才心情鬱結，就帶著她四處走訪。

雙方變得越親近，人魚公主的情意越是深刻。

於此之際，人魚公主從侍女那裡聽到王子對自己好的理由。

『王子大人年幼時失去了一位王妹，那位王妹長得就跟妳一模一樣。』

人魚公主得知王子親近自己是來自相當於家人的感情，因而大受打擊。而且因為她與王子過從甚密，就能聽到王子訴說的苦衷。

『與鄰國公主成親之事已經說定了。明明我愛的是修道院的那名少女，但是她身為修道院之人，根本就不能結婚吧……』

命運實在諷刺。

跟王子談成親事的鄰國公主，正是修道院的少女。公主只是為了學習教養才進入修道院。

起初王子曾思考能否設法回絕親事，得知意中人正是成親對象後便樂於接納這樁婚姻，進而決意迎娶公主為妃。

人魚公主對這樣的事實感到絕望。

沒有跟王子修成正果，卻也無法回到海中的人魚公主成天在海邊哀嘆，她的姊姊便出現在她面前，還遞上從海之魔女那裡要來的短劍。

『淋到王子濺出的鮮血便能回歸人魚之身。』

據說海之魔女是這麼告訴她的。

人魚公主從姊姊那裡收下了短劍，並且茫然望著那柄利刃，做出一項決斷。

當晚，人魚公主潛入了王子的寢室。

王子一臉安穩地沉睡著。

人魚公主就朝這樣的王子舉起了短劍。

可是——

王子在睡夢中喚了意中人，也就是公主的名字。

人魚公主因而回神。

她將短劍丟棄到遠方浪濤中，然後直接投身入海。

人魚公主身軀化為泡沫。

人魚公主無法毀掉所愛王子的幸福，才選擇一死。

在王子與公主舉辦婚禮那天，轉生為風之精靈的人魚公主送上了泡泡給予祝福。

王子目睹那種不可思議的現象，便忽然想起不知不覺中消失蹤影的人魚公主。

當王子將心裡的落寞告訴公主，公主就安慰他：『往後有我陪伴著你。』

…………

……

……

「令人哀傷的故事。」

原本我就知道劇情概要，可是重新讀過以後覺得別有意境。

我最先起的念頭是人魚公主太可憐了。

話雖如此，錯並不在王子或公主。他們只是不曉得人魚公主的真相。

不過人魚公主就可憐了。

這部腳本著重於人魚公主原本便相當深刻的「悲戀」那一面——將設定改編以後，感覺即使在現代也很容易理解。

『……末晴哥哥，人魚公主是個「一直看著意中人思慕其他人，痛苦到最後仍沒有回報的故事」呢。』

我覺得理解人魚公主的方式有許多種就是了，原來真理愛是這麼去體會的啊。

「跟妳以往演過的角色有點不同呢。」

真理愛在連續劇《理想妹妹》裡演了個機靈而完美無缺的妹妹。那比平時的她乖巧許多，不過在機靈的部分是有相通之處。此外，真理愛在《Child King》裡飾演的則是開朗活潑的少女股市操盤手。

至今真理愛被要求的都是「可愛」、「聰明」、「一丁點刁鑽」。

「可愛」應該算每部作品都會要求的吧。

然而人魚公主不太有「聰明」和「一丁點刁鑽」的要素。倒不如說，這個角色反而要演得讓觀眾急著希望她處事更聰明刁鑽點。

『……說得也是。不過——』

真理愛以清澈的嗓音細語：

『這個角色很容易讓人家投入感情，值得一演呢。』

「是嗎？我倒覺得跟妳的形象差了不少。」

『真是的，末晴哥哥，那麼說會不會有失禮貌？人家也有哥哥不曉得的一面喔。』

真理愛鬧脾氣歸鬧脾氣，口吻裡卻帶了一絲成熟韻味──我不由得心跳加速。

「這、這樣啊。是我不好。」

『？好的，哥哥能理解就不要緊。』

真理愛有時候會露出意外的一面，所以才恐怖。

不過，那總是在她本人並無盤算的時候。感覺真理愛要靠自然本色才會得到她平時刻意想要的效果。

……說起來挺符合真理愛的風格。

「喔，哲彥補了一封郵件過來，說是週六要找我們所有人到大學碰頭。」

『……是的，人家也確認過了。這樣的話，我們趁現在先列出到時候想跟演出人員請教的問題吧。』

「也是。」

我拿了自動鉛筆，開始尋找劇本中讓人介意的段落。

『啊，對了，末晴哥哥。』

「什麼事？」

『下次你要不要來我們家聚餐？』

「可以是可以……就我跟妳兩個人嗎？」

跟真理愛獨處倒不是不行，但我們屬於正值青春的年紀，要到對方家作客就有點難為情……

應該說，我心裡會有抗拒感。

以真理愛的情況來想，有可能在飯菜裡摻安眠藥，等我一回神已經被她用手銬套住雙手……

『末晴哥哥，請你覺悟嘍……接下來人家要對你為所欲為了……』

到最後似乎會演變成這種局面——

嗯？那樣是不是也ＯＫ……？

不對，還是不ＯＫ啦！

『呵呵呵，末晴哥哥，意識到跟人家獨處會讓你心慌慌對不對？我可以理解。』

「妳那樣說並不算多理解喔。」

『請放心。人家內心已經準備好了。』

「依舊不聽我講話耶……」

『順帶一提，這次邀你吃飯是姊姊提的主意。』

「哦，繪里小姐啊……」

那個既美又可愛，個性還大而化之，外加愛喝酒的散漫型姊姊，我超愛。

『姊姊本身好像是因為上次去了沖繩旅行，想禮尚往來，但是邀所有人吃飯的話，準備與協調起來也不容易，就先找交情最深的末晴哥哥嘍。感覺哥哥平常飲食都營養不均衡嘛。』

「那真是感激不盡……其實我幾乎都是吃冷凍食品或調理包，蔬菜的話頂多偶爾喝個果菜汁而已。」

『對吧？這次演話劇的期間，上下學都要讓末晴哥哥陪著人家，請這頓飯也是為了致上造成負擔的歉意……不可以嗎？』

推掉飯局也不好意思，再說有繪里小姐在，氣氛就不至於變調，我想應該沒問題。

『那你覺得約在週日怎麼樣？請在傍晚六點左右來我們家。』

「ＯＫ。」

『難得來一趟，要是把劇本也帶著，我們兩個或許還可以對戲。』

「也是。」

跟真理愛商量事情好快。我們就是這麼理解彼此，應該說想法合拍吧，用互補長短來形容這種關係不曉得貼不貼切。

換成黑羽的話——雖然我們知道彼此的脾氣，可是扯到演藝界的事就難免不對盤。比如要討論演員在技術層面的各種細節、煩惱、微妙的人際關係……在這些方面，即使我可以從黑羽那裡獲得客觀的建議或鼓勵，要她從本質上理解仍是強人所難。當然，關於飲食也一樣。

換成白草的話——我認為我們是互相信任的，但以性格來講有滿多地方完全相反。白草既拘謹又不會示弱，反觀我就是粗枝大葉還毫無自尊心的那一型。儘管我們倆也會從對方身上發現自己欠缺的特質而受到吸引，要是在某個環節走偏了，想修復關係或許將是大工程。

（這樣思量以後，「跟我最合得來的大概是真理愛」耶……）

歲數是我年長一歲，雖然對方稱呼我為「末晴哥哥」，但彼此同樣屬於演員又互相尊敬，我認為這是可以砥礪求上進的相處關係。

相較於粗枝大葉的我，真理愛就像個精明懂事的妹妹，在烹飪之類的家事方面也能確實幫到我。她提供的助力亦有巧妙之處，遠勝過白草。基本上，說到我跟白草之間的關係，「由我在白草快要變遜炮時給予協助」，似乎會比「由白草來協助我」更順利。

此外，有別於全心全意協助我的黑羽，真理愛有時候會鬧脾氣加自暴自棄，進而換成我來協助鼓勵她。形勢上不至於淪為單方面的施與受，這也是讓我覺得真理愛或許跟我合得來的部分。

『人家跟末晴哥哥可是最佳拍檔！』

之前真理愛說過這句話。

試著列舉出這些容易相處的地方，讓我重新體會到真理愛確實是個好搭檔。

『啊，時間差不多了呢。那麼末晴哥哥，明天見！』

「好，明天見嘍。」

電話掛斷。

我離開書桌，躺到床上。

「我以前就覺得小桃有才華，沒想到她居然能發展到這一步……」

過去她曾讓我傷透腦筋，問題兒童的印象非常深刻。

但現在真理愛遠比形同退隱的我更有名，也更受歡迎。老實說……我內心甚至對她有過近似嫉妒的情緒。

何況她會烹飪，態度和善可親，還懂得打掃與關心——

（奇怪，她是不是無可挑剔啊……？）

忽然冒出這種想法的我甩了甩頭。

「不不不不不，我在想什麼！好了，睡覺吧！就這麼辦！再說明天早上我還得去接小桃上學！」

我朝著半空吐出搪塞味十足的話，然後關了燈。

當天，我夢到了六年前的真理愛朝我抱過來，而在我揹著她的期間，她的年紀逐漸有所增長，回神後就成了現在的模樣，莫名其妙的一場夢。

第二章　虹內・雀思緹・雛菊

＊

明明是週六，慶旺大學的正門卻有大學生匆忙地來來往往。

因為再過一週就是校慶吧。有人穿著奇特的T恤，還有人帶了搞不懂是什麼名堂的行李。那醞釀出節慶感，快活雀躍的氣氛瀰漫各處。

「……人家來晚了！」

帽子與平光眼鏡，搭配褶邊洋裝。

如此打扮的真理愛氣喘吁吁地趕到了。

「真難得耶，小桃最後到啊。」

真理愛是管理行程很嚴謹的那一型，所以正常都會在上場前五分鐘就完成準備。

順帶一提，今天我沒有去接送，畢竟假日有繪里小姐在家，真理愛一出門立刻可以上計程車駛向大學，所以說起來並不要緊。

「對不起，人家在考慮要穿什麼服裝給末晴哥哥看，忍不住就糾結了好一陣子……你覺得怎麼樣呢，末晴哥哥？」

真理愛將裙襬一攤，向我展示。

或許是花了時間裝扮的關係，氣勢確實跟平常不同，感覺眼鏡也將真理愛原本容易埋沒於可愛底下的知性盡其所能地烘托出來了。

「……喔，第一次看到那副眼鏡。只是妳應該曉得吧，遲到可不行喔。」

真理愛像把橡實往嘴裡塞的松鼠一樣鼓起了腮幫子。

「噗。人家當然也曉得啊！不過該怎麼說呢，希望末晴哥哥也能理解想花時間精心裝扮的女人心嘛……」

真理愛一面說一面朝我湊了過來。接著當她準備跟我牽手的瞬間，白草就擋下她的手。

「妳是最有名的人，希望妳能避免引人注目的舉動。」

「哎呀呀，原來妳在啊，白草學姊。人家一不小心就跟末晴哥哥營造出兩人世界，因此完全沒有看見——」

「好好好，我知道妳想說什麼，過來這邊就是了。至少麻煩妳在室外先安分……」

「人、人家還沒有讓末晴哥哥看襯裙的褶邊耶～～！」

白草拖著真理愛就走。

（看來小白應付起小桃也駕輕就熟了。）

當我這麼一想，忽然就察覺到了。
平常在這種時候都會幫腔助勢的黑羽完全沒有動作。
「小黑……？」
「嗯？怎麼了嗎，小晴？」
「咦？啊，沒事……」
「小晴真奇怪。」
我覺得黑羽才是不對勁的，卻實在說不出口。
她既沒有不高興，身體狀況似乎也無恙。貌似跟平常一模一樣，卻在我心裡留下了些許的異樣感。
「唉，算啦。這樣所有人都到齊了。哲彥，我們走吧。」
目前在正門的人有我、哲彥、黑羽、白草、真理愛、玲菜，一如往常的班底。
原本在跟玲菜討論的哲彥聽見我的聲音，就回頭望過來。
「不，末晴，對方似乎要來接我們。再多等一下。」
「嗯？這樣啊？」
「噢，集合時間正好到了嗎？我就想人差不多該來啦……」
於是從行道樹的另一端，有個男的朝我們這裡揮了揮手。

遠遠望去也知道有格調的服裝，還有端正容貌。

（這個人就是來接我們的嗎……嗯？總覺得好面熟……）

我原本是這麼想，不過接近以後長相當然就能看得一清二楚。

對方的身分立刻揭曉了。

「嗨，群青同盟的各位。我是今天負責帶路的阿部充，請多指教。」

「咦？充學長！你怎麼會來！」

白草最先有了反應。

對喔，阿部學長和白草從以前兩家人就有往來，我記得他們的關係跟兄妹一樣。

「哎，我父親是廣告研究會的校友，因為我考上這所大學，才試著跟研究會的成員聯絡，他們就表示我可以來找他們玩。我大約從上個月就開始來學校露面了。」

「原來是這樣啊。」

唔，我心裡有點疙瘩耶。

白草之前聲稱跟阿部學長有情侶關係是騙人的……我也聽當事人承認了，但目睹他們狀甚親密的模樣，內心還是不平靜。

不過呢，大概是我間隔一段時間就冷靜了吧。從氣氛看得出來，他們並不是情侶。仔細觀察以後感覺他們兩個正如同聽說的那樣，關係類似兄妹。

「……唉，為什麼非得在這種地方跟這傢伙碰面。」

哲彥撂了一句嘀咕，彷彿表示自己今天走霉運。

「這話太不近人情了吧。因為你們說要來，我才自告奮勇帶路的喔。」

「……麻煩死了。」

哲彥的應對很糟糕。雖然我也不喜歡阿部學長，但對方好歹是學長，我對他不至於像這樣口出惡言。

而哲彥似乎突然想到了什麼，倏地抬起臉說：

「……欸，等等。這次的委託該不會——」

阿部學長面對哲彥惡劣的態度，仍絲毫未改笑容。

「是啊，沒錯。因為大學的同學們有困擾，我就提出要不要委託群青同盟的主意。沒想到意外獲得了贊同。」

「難道NODOKA小姐會聯絡真理愛也是因為——」

「對，追本溯源的話，同樣是來自我的提議。人在醫院的NODOKA小姐也寄了郵件表示她信得過桃坂學妹，委託群青同盟的想法就順利定下來了。」

哲彥明目張膽地咂了嘴。

「嘖，早知道就不接這次的委託……」

「我知道你會這麼想，才要他們避而不提我的名字，直接向同盟委託。起初也有談到想透過我代為委託就是了。幸好我料得似乎沒錯。」

「真是夠了，每次都像這樣設計人——」

「哎呀，居然又能看見你吃驚的表情，總覺得撿到了便宜。」

……嗯？奇怪？

哲彥跟阿部學長好像很親近……或者說，當彼此是熟面孔？

我用手肘頂了頂哲彥。

「喂，哲彥，你什麼時候跟阿部學長混熟的？」

「我才沒有跟他熟！」

「呃，誰教你們——」

「我是被跟蹤受到困擾的被害者啦！」

「啥？跟蹤？」

我探頭望向阿部學長的臉。

依舊是個笑容滿面的爽朗帥哥。

唔唔……光看著對方似乎就會體認到自己的長相有多慘，這樣會讓我受到自卑感折磨……！

「我們偶爾會聊幾句罷了，你想嘛，甲斐學弟的個性就是不坦率。」

「我認為學長的難纏程度可不是只有那樣！」

阿部學長從容應付掉哲彥的指責，轉而把目光朝向我。

「好久不見，丸學弟。上次碰面是文化祭了吧？」

「對、對啊。」

糟糕，我總覺得自己對這個人懷有畏懼的心理……

因為他本來就帥得讓我湧上嫉妒心——

『換句話說，你就是逃走嘍。』

『因為我恨你。』

學長這兩句話的印象又太過深刻，使我不由得擺出低姿態。

「那、那個……你從甲斐學弟與白草學妹那裡……已經得知事情緣由了吧……？」

大概是因為我顯露出退縮的態度，阿部學長就慌了。

「是、是的，關於文化祭那一連串事情的緣由，我姑且了解……」

「那、那我們握個手，慶賀彼此再度碰面，你覺得怎麼樣……？老實說，我從以前就是你的戲迷……」

那隻在猶豫間伸過來的手讓我覺得是陷阱。

我默不作聲地後退，躲到黑羽背後。

「丸、丸學弟……？」

「阿部學長，我不確定自己是否該對這件事表示意見，不過小晴有滿容易記恨的一面……我想，他大概是對你產生畏懼心理了。」

不愧是黑羽，真了解我。

我一半身體躲在黑羽後面，點了點頭。

「是、是嗎……這、這樣啊……」

阿部學長看起來似乎由衷受到了刺激。至少我能看出，那種刺激足以讓他一向爽朗的帥臉蒙上陰影。

不過——學長立刻擺回一如往常的笑臉嘀咕：

「唉，你在那之後又能上鏡頭活躍了。既然可以目睹那些畫面，我就不後悔。」

我湊近哲彥，說起悄悄話。

「喂，哲彥，我覺得那個學長好心到可怕的地步耶。」

「果然你也有同樣的感想啊。好心到像他那樣就會讓人覺得有詐。」

「還敢說。要比詐的話，你也不會輸給他啦。」

「我有自覺，所以無所謂啊。但是詐成像學長那樣的話，就簡直不像人了。」

「啊，我懂你說的意思。可以感受到那種人真的不好惹。」

「沒錯，就是那種感覺。」

「兩位學弟，我全都聽在耳裡喔。」

阿部學長帶著和氣的笑容吐槽。

即使一樣和氣，從他臉上完全感覺不到黑羽會有的那種漆黑氣場。

所以我和哲彥都——

「看嘛，末晴，他果然夠扯的吧？」

「嗯，聽見這些話還不發飆，有夠恐怖……」

深深感到不敢領教。

黑羽把手湊到額頭前。

「哎喲～～！你們兩個……對方再怎麼說也是學長耶……」

「末晴哥哥和哲彥學長的舒適圈好像都在見不得光的地方，總覺得碰到太光明磊落的人會怕是可以理解的。」

「這話說得妙，桃仔。阿哲學長明顯屬於闇屬性，大大也有滿深的自卑情結，感覺都不是能在班級裡當中心人物的類型～～」

真理愛和玲菜聊得挺開心的嘛。最近她們倆常常像這樣對話。

「……喂，一年級搭檔，尤其是玲菜，妳說我有滿深的自卑情結是什麼意思？」

「咦？就跟大大聽見的一樣啊。難道說，你自己沒有發現嗎？等一下等一下，那樣真的不太妙喲。大大每次看見帥哥都會沮喪不是嗎？那種反應，可是連我看了都會替你感到難為情耶。」

我擰起玲菜潤澤的臉頰。

「嗯嗯～妳要的就是這塊嘴皮嗎～？」

「欺負學妹正是大大懷有自卑感的表現啦～！」

受不了，玲菜還是一樣欠管教。

而白草應該是現場跟阿部學長最熟的人——

「我或許是第一次看見充學長這麼開心的模樣。」

她吐露了如此不可思議的臺詞。

＊

阿部學長帶我們到位於大學內的劇場。

座位數兩百。不只可以演話劇，據說播電影、表演舞蹈或演唱會都會用到。

目前舞台上有舞蹈社的人在練習。

「那群人就是廣告研究會與茶船的成員。那我先走嘍。」

阿部學長說著便旋踵準備離去。

「咦？學長帶完路就要走了嗎？」

狀況太令人意外，我不禁提出疑問，阿部學長便遺憾似的聳了聳肩。

「可以的話，我也想看你們排練。其實今天我有戲要拍，時間很吃緊。」

「那為什麼要特地來帶路啊？」

「畢竟遲遲找不到機會跟你們講話，所以我硬是要求接下了這項工作。」

「喂，哲彥，這個學長的善良氣場果然太強，我實在會怕。」

「完全有同感。」

阿部學長露出了苦笑，但立刻又笑吟吟地獨自沿著來這裡的路折回去。

我們則按照阿部學長的提示，向聚在劇場最尾端的一群人搭話。

於是，有一名女性上前對我們低頭行禮。

「啊……幸會……我是話劇社『茶船』的代表，導演志摩賴沙……」

高個子女性，戴眼鏡，臉上長著雀斑，淚痣令人印象深刻。

整體而言，她給我不修邊幅的印象。大概是那頭恐怕連什麼時候梳過都看不出來的蓬亂長髮所致。

還有，她顯得很睏，頭搖來晃去的。

「請你們多多指教——呼嚕……」

啊，剛覺得她愛睏就真的睡著了。

志摩小姐被旁邊的人一戳才醒了過來。

「啊，不好意思。因為生活日夜顛倒，我不常在白天保持清醒。」

「這會不會太廢了啊！」

誰教對方語出驚人，我忍不住就吐槽了！

「我懂我懂。」

「我也是～太陽一出來，身體就沒辦法活動啦～」

志摩小姐身邊的大學生似乎對她的話有共鳴。

「未免太廢了吧，這些大學生……」

「末晴哥哥，其實人家昨天有收到ＮＯＤＯＫＡ小姐寄來的郵件……」

真理愛拽了拽我的袖子。

我把臉轉過去，就發現她遞來的手機螢幕上顯示著ＮＯＫＯＫＡ小姐寄的郵件。

『其實，目前的茶船跟我擔任代表時不同，態度相當散漫……我是打算激勵大家才決定登台表演的。這使得整件事的規模變大，所以我無法將角色交給做事馬虎的人代演……對不起。桃坂同學與丸同學儘管發揮就好，別在意那些比較年長的大學生。』

我和真理愛默默望向了志摩小姐那些人。

「呃～～劇本……奇怪？我的那一份呢，在哪裡？妖精小姐，快點拿過來～～」

「…………」

「…………」

「啊，原來放在包包裡！對不起，白天時腦袋實在不靈光……呼嚕～～」

「……我們要加油喔，小桃。」

「……是的。」

這個話劇社太廢，反而讓我跟真理愛提起了精神。

「啊～～！群青同盟的成員都在耶！」

突然有聲音傳來，嚇得我縮起肩膀。

出聲的人是直到剛才都在舞台上練舞的舞蹈社女成員。她似乎是在練完舞準備離開大廳時，才注意到我們幾個。

「咦，當真嗎！」

「啊，真的是他們耶！好棒！」

原來我們在不知不覺中變得這麼有名了啊……

聽哲彥提過播放數一直穩定成長，可是我因為不敢看留言，就沒去瀏覽上傳的那些影片。

這麼說來，以前上電視時也是如此。我跟往常一樣投注於眼前的演技，後來才發現在學校已經造成轟動了。

「志田好可愛！」

「可知的身材不得了耶！」

「真理愛是全世界最可愛的！」

「喂喂喂，這是不是不太妙啊……」

在劇場等待的其他社團也有鼓譟聲蔓延開來。

照這樣下去似乎會沒辦法排練。我們先到後台躲一躲比較好吧……？

當我正想這麼提議的瞬間，志摩小姐背後那些看起來痞痞的大學生就像保鑣一樣將我們圍住了。

「停停停！群青同盟來學校是機密！拍照同樣禁止！假如情報在正式發表前就外流，廣告研究會將提出抗議！」

啊～～我才在想怎麼有群人的氣質跟痞子好像，原來他們是廣告研究會的成員。之前聽到黑羽被搭訕的事曾讓我擔心，但是看對方這麼有作為，感覺滿可靠的嘛。

「尤其是對群青同盟的女成員做出不禮貌的行為……比如搭訕或戲弄之類，我們都會立刻取締，所有人最好要有心理準備！不遵守這些規範，群青同盟的表演就會取消！請各位配合！」

很好很好，謝天謝地。有人出面把該講的話講清楚了。

多虧如此，原本想過來搭話的大學生退縮了。有的人嘆氣，有的人咂嘴，雖然行動各有不同，看來倒有充分的遏阻效果。

「群青同盟的各位，請放心！我們會像這樣保護各位的安全！有任何事請隨時吩咐我們！」

說到最後露出一口白牙燦笑的舉動讓我不太有好感，然而靠得住就值得感激。

就在這時候，舞蹈社的女成員突然過來問了一句：

「不能找群青同盟的女生搭話是可以理解，找男生就可以嗎？」

「找男生就沒有關係！」

「居然沒關係嗎！」

我忍不住吐槽……但是那在開會討論時確實也沒構成問題……

「那我要找他們搭話嘍。」

最先發問的舞蹈社女成員朝我湊了過來。

「哇～～真的是小丸耶～～！其實我初戀的對象，就是Child Star的羽生弟弟喔～～」

「「「！」」」

「我會加入舞蹈社也是因為以前練過小羽之舞，才領略了跳舞的樂趣～～」

湊過來的女性到剛才都在練舞，穿著打扮相當動感，還充滿符合大學生的魅力。

「啊～～呃，那個，很榮幸聽到妳這麼說……」
我被對方散發出來的魅力迷住了，就沒有察覺到。
黑羽、白草、真理愛正用可怕的眼神盯著我。
「啊，好詐喔～～！我也想跟小丸講話耶！」
「欸欸欸，小丸！要不要跟大姊姊玩一下！我們會給你福利的！」
「咦～～要福利的話，我會給好給滿喔～～再說，我的胸部也比較有料。」
「要比的話，我還願意做一些不方便明說的事情耶。」
「那樣太卑鄙了啦！」
這幾位不愧是年長的大姊姊……無論積極性、魅力、心靈上的寬裕——都很讚。
簡直讓人希望天天跑來大學玩——
當我這麼想的時候。

「……小晴。」
「……小末。」
「……末晴哥哥。」

令人凍結的波動從背後傳來，使我挺直了背脊。

……回頭就會被殺。

如此心想的我打算求救，就找起了哲彥。

我眼角餘光發現他，便出聲喚道：

「喂，哲——」

可是我的聲音到這裡就停住了。

「阿哲，下次要不要跟我們去喝酒？」

「我還未成年耶。假如可以讓我用烏龍茶代酒就ＯＫ啊，大姊要喝酒的話沒關係。其實呢，我最會照顧喝醉酒的人，所以妳們可以盡情喝。」

「聽你這麼說反而不能放心啊～～欸，你一定很懂得陪女生吃喝玩樂吧～～」

「我常常被別人這麼說，可是不知道為什麼，即使我否認也都沒有人信～～所以嘍，要不要跟我出去玩一次？這樣就知道我是不是真的很會玩吧？」

「看你沉穩成這樣，到底讓多少女生為你哭過啊？」

「如果妳是指喜極而泣，那根本數不清耶。還是妳也想成為當中的一分子，試試看喜極而泣的感覺？」

「哦～～你跟女生說這種玩笑話，眉頭都不動一下的啊。呵呵，我對你有點興趣了。」

「那我先給妳名片，請跟我聯絡。」

「啊，也給我一張！」

「我也要！」

「…………………………………………………………………………………………」

我茫然望著哲彥與周圍的幾位大姊姊。

哲彥身旁的女生人數大概是我身旁的兩倍。

……奇怪了……過去有段時期，我明明是被封為國民童星的耶……

還有她們是怎樣！看哲彥身旁那些女生的反應！是不是在搭話時就被他迷住一半了！

「…………唉。」

我不禁嘆氣。

於是，有人把手放到我的肩膀上。

是黑羽。

「小晴，我倒可以理解你沮喪的心情喔。那碼歸那碼，對於你被大姊姊們圍住以後就露出，副色臉這件事，我要跟你稍微談談……」

「可是我沒什麼想跟妳談的耶……」

我一面這麼說一面準備要溜，肩膀卻被緊緊抓住，身體無法動彈。

「不准逃☆」

「——拜託放過我。」

下跪求饒的我望向旁邊，就發現白草和真理愛嘀嘀咕咕地在自言自語。

「小末……再兩年我就比得過她們……這樣不行呢……即使目前看來我也贏得過才對……那麼我該說的是……」

「人家還在成長期……人家還在成長期……」

關於她們倆，似乎先這樣擱著會比較好。

因此，被黑羽修理過一頓的我按照吩咐跟廣告研究會交涉後，向我搭訕也一樣遭到禁止了。

此外，哲彥那邊就沒有遭到禁止。我都快哭了耶。

「那個，好不容易輪到可以用舞台的時段，我們來排練吧～」

志摩小姐這麼說道。

啊，看來這個人身為社團代表，姑且還是有自覺的。雖然我實在不敢把這樣的吐槽說出口。

身兼導演一職的志摩小姐開始指示大道具、照明、音效人員做確認。

「那現在要一面對戲，一面依序說明每個場景的道具配置以及角色站位～啊，之前還說到志田同學與可知同學也要嘗試演戲對不對？」

「對。」

哲彥點頭回應。

「喂，哲彥，你不上場演戲嗎？」

「王子以外的像樣男角，說來只有王子的父王，再不然就是人魚公主的父親。假如要我領個士兵的角色上台當路人，那還不如不演。」

「嗯，我也希望有個人在幕後負責支援，這樣倒值得慶幸。」

哲彥問了志摩小姐：

「志田與可知要演什麼角色？」

「可不可以請她們試演侍女還有人魚公主的姊姊呢～～？有困難的話，就由我們的成員來演，麻煩先參加排練再判斷是否要參加演出～～」

嗯～～一般而言，分配角色會由全體成員進行競爭……即使群青同盟是受託而來的客人，這個社團仍舊給我管理鬆散的感覺……從幫手的立場來想，我們倒有許多部分要感謝對方，所以這樣也好啦。

「那麼，先請各位到舞台上做自我介紹好嗎～～？」

受到志摩小姐催促，我們陸續上台。

所有人圍成一圈，志摩小姐站在圓的中心。

「那麼，首先做自我介紹的是——」

就在志摩小姐說著準備把話題拋給茶船演員的時候。

「那傢伙」出現了。

「——哎呀，看來我們來得正好。」

我全身毛骨悚然地起了雞皮疙瘩。

嗓音本身是中聽的，然而糊在一起的發音方式讓人聽過一次便難以忘記。負面回憶頓時於腦海裡復甦，生理性質的排斥感貫穿身軀。

他從觀眾席那一側的中央通道走了過來。

品味依舊低劣的紫色襯衫搭配尖頭鞋。看起來只像中年牛郎的那副容貌生得端正，卻讓人覺得流裡流氣。

「赫迪・瞬……」

曾經奉承過對方的我，如今也實在沒心情拍馬屁了。

廣告比賽那一次固然是衝動之下拿紅酒淋了對方的我有過失，但是他之後在群青同盟拍攝紀錄片之際也耍了陰險的計謀，因此我是連碰面都希望避免的。

「你這混帳……跑來這種地方幹什麼……信不信我現在就幹掉你……」

站在通道前面擋住瞬老闆去路的是哲彥。

他那樣的舉動很不妙，臉色更是不妙，簡直跟之前動真格對我發火時一樣……不，比當時更可怕。揚言要把人幹掉的眼神並非開玩笑。

「……讓開，人渣。」

瞬老闆這邊同樣不掩飾殺氣，他瞇起毫無感情的眼睛。

「那是我要說的臺詞，臭人渣。」

「看來沒有人教你對長輩該用什麼態度。」

「真不巧，我就是沒有像樣的父母。」

「原來如此，很像人渣會講的話。」

……這下真的不妙。

之前我們跑去經紀公司時，這兩個人也是互相敵視，還有一股非同小可的肅殺之氣。不過當時有真理愛順口提出廣告比賽的主意，因此並沒有衝突成這樣——但現在雙方完全卯上了。

「喂，哲彥，你冷靜點。」

我抓住哲彥的肩膀。

……像這樣一看，哲彥和瞬老闆有點像耶。他們的個子幾乎一樣高，連臉都有幾分神似……

慢著，現在不是想這些的時候，我得制止他們的口角。

「連對方來的理由都還沒問是要吵什麼啦。」

「末晴，你跟這傢伙一樣有過節吧。」

「話是這麼說沒錯……」

當我們如此互動時，瞬老闆就把視線轉向我。

「嗨，小丸，好久不見。近來安好嗎？」

我沒想到對方會主動打招呼，因而嚇了一跳。

「還、還好……」

「隨時歡迎你再來經紀公司作客，不過拿紅酒玻璃杯的手可千萬要小心。」

「唔——」

居然被當事人拿出來當話題——我有種被下馬威的感覺。

對方依舊小心眼而讓我無法有好感，但手腕或許比想像中還要高明。

「桃坂小妹也好久不見了。一樣歡迎妳隨時來作客。」

「感謝你的好意，瞬老闆☆」

真理愛粲然微笑並回了話。

不過她這種粲然是在諷刺「虧你臉皮厚到說得出這種話，混球」的笑容。證據在於可以看見真理愛背後有憤怒的氣場。

「關於人家父母的那段證據影片，請問找到了嗎？」

「啊，我有在找就是了。其實到現在還沒發現，真抱歉。」

「請瞬老闆要盡快找到喔。這之前，你還曾經受訪在週刊雜誌上揭露末晴哥哥的往事，人家真希望你能拿出行動來表示誠意。」

「哎呀呀，桃坂小妹，妳都聽信了什麼樣的謠言啊？小丸的往事被揭露跟我完全無關喔。」

「你想這樣撇清關係嗎……真令人困擾，身為女演員，我實在無法忽視太淺薄的演技……」

「我身為一名製作人，遭到遷怒也無法默不作聲。困擾的是我耶，桃坂小妹……」

雙方表面上都帶著笑容，可是任誰都看得出來有火花正在他們之間迸射。

「製作人，吵架是不好的！」

待在後面將帽子戴得很深的嬌小少女開口規勸了瞬老闆。

這個女生是怎麼搞的？

光是敢在這種狀況下出聲就令人訝異了，她規勸的還是年紀差距應該跟父親相當的瞬老闆

——眼前的景象讓我有點無法想像。

還有那嗓音的可愛程度也讓我訝異。對方該不會是隸屬於赫迪經紀公司的聲優吧。

瞬老闆聳了聳肩，然後逃也似的從少女身邊邁步。

「讓開。」

擋路的哲彥被瞬老闆硬是推開。

哲彥再次發火了。

「混帳東西！」

「對不起！」

少女又闖進兩者之間。即使面對暴怒的哲彥，少女仍毫不動搖。

「製作人是有他惹人反感的地方。」

「……啥？妳是誰……嗯？」

哲彥不曉得察覺了什麼——忽然間，他睜大眼睛愣住了。

「我也覺得製作人很有問題。畢竟他做事強硬，喜歡挖苦別人，品味也差勁。」

「……妳在說什麼呢，小雛？」

或許是因為她說得太過分，瞬老闆停下準備離去的腳步並且回過頭。

從這個女生介入後，氣氛就隨之一變。

不可思議的女生……她都不會膽怯，難道是天生少根筋嗎……

「製作人說起來是有能力，性格卻很壞呢……我每次注意到也會對他發脾氣～～你有在聽嗎，製作人？我覺得講話刺激他人是不好的！」

少女鼓起了臉頰，用可愛的方式發脾氣。

「那妳就錯了，小雛。打擊弱點自古以來就是鬥爭的常識。」

「就算這樣，我認為總有更好的表達方式！受不了……我非常生氣喔！製作人愛說風涼話勉強還可以忍受，但跟人逞凶鬥狠就絕對是『壞壞』了！雖然製作人有恩於我，唯有這一點請務必遵守！」

「拿妳沒辦法，我知道啦，小雛。」

真不可思議。「這個女生夠格對瞬老闆直言不諱」——她具備的某項特質讓我有這種預感。

大概是氣勢被削弱所致，瞬老闆走向舞台，哲彥卻沒有追過去。

「親愛的廣告研究會眾成員，我是校友赫迪．瞬。突然拜訪，各位好嗎？」

「啊。」疑似廣告研究會代表的男大學生發出了聲音。

「請問，您該不會是赫迪經紀公司的老闆……？」

「沒錯。明明不常回母校露臉，我倒是擔心這樣會不會有失禮數。」

「不會不會！每年選美都得到您各方面資助，我們相當感激！」

「哪裡，身為校友，身為從業於演藝界的人，這是當然的。」

「誠摯感謝！所以您今天會突然造訪，是因為……」

「沒錯沒錯，其實我耳聞了ＮＯＤＯＫＡ小姐生病，原本安排好的舞台表演因而面臨大問題的消息。」

「！」

我們群青同盟的成員都全身僵凝。

瞬老闆看向我們幾個，還搭配誇張的肢體動作開口：

「然後呢，碰巧……是的，說來純屬巧合，她的行程空出了一點餘暇。我便心想：啊，這樣不就可以幫上忙嗎……所以才把她帶了過來。」

「她……？」

眾人將視線聚集到旁邊的少女身上。

「妳可以拿下來了。」

「好的，製作人。」

少女摘掉帽子。

光是如此，劇場裡就被驚奇與尖叫聲填滿。

「啊啊……啊啊啊啊啊啊啊啊啊！」

「真、真的假的！這種事有可能發生嗎！」

「雛、雛神降臨！」

「假如我是在作夢，可千萬不要醒……」

受光線照耀而燦爛生輝的金色秀髮；好似要把人吸進去的冰藍色眼睛；輪廓優美的鼻梁。明明穿著樸素服裝卻完全無損於偶像明星的丰采，渾身充滿足以讓人反過來稱讚這樣也行的魅力。

拚命裝冷靜的我像這樣分析，但是實際上——

「呃～～她是誰？」

我不太認識對方。

「小末，你說這話是認真的嗎！」

意外的是，白草向我追問了。

「虹內・雀思緹・雛菊！當下首屈一指的偶像！被人稱作『日歐妖精』或者『業界久未出現的至高單人偶像』！而且她不只可愛，走的還是能歌善舞的正統派路線！」

「啊……啊～～我就覺得好像在哪裡看過。」

「說起來，小晴在實質退隱以後就不太看電視了呢。」

黑羽幫我打了圓場。

「因為連續劇、唱歌、舞蹈、電影……這些都會刺激到我的舊傷口，我在無心間就養成了避而不看的習慣。啊，不過綜藝節目還是照看啦。另外，有小桃參與的節目算是我唯一會關注的例外。」

「末晴哥哥……」

真理愛用閃閃發亮的眼神望向我。

唔……總覺得過意不去。其實我在忙碌或狀況不好的時候就沒有去關注真理愛的動向。

黑羽盯著白草看了看。

「可知同學，妳表現得對她格外有興趣呢……難道說……妳是這個女生的粉絲？」

白草的身軀隨之一顫。

不過她立刻毅然抬起臉龐，歪過頭，瀟灑地撫弄了黑色長髮。

「哎呀，志田同學，妳這話可就奇怪了。說我是粉絲？對一個比自己年幼的女生？對方還是偶像明星？不會吧不會吧，怎麼可能——」

在旁邊聽著的雛菊略顯失落，卻又堅強地露出微笑。

「啊，是這樣嗎，白草小姐？真遺憾。我好欣賞妳那種高尚的氣質，也很慶幸能跟妳見到面耶……」

「原來雛神認識我嗎！」

白草睜大眼睛，趕到了雛菊身邊。

「對不起對不起！我騙人的！其實我是對妳大為著迷的粉絲，剛才只是想要帥一下而已！原諒我！」

白草，妳還是一樣遜炮耶……

「這樣啊！我好高興聽到妳這麼說！」

雛菊毫無顧慮的笑容讓白草不由得笑逐顏開。

「話、話說回來，妳為什麼會認識我呢……？」

「拍過寫真的芥見獎作家頂多只有白草小姐啊。而且我喜歡群青頻道，每部影片都有看。」

喂喂喂，我們被頂尖偶像認識了，真的假的？

「哎呀～～哲彥，看來群青頻道真夠出名耶。」

「經過市調發現，我們是在十幾歲的觀眾之間受歡迎。小雛也是這個年齡層，所以剛好吻合吧。」

嗯～～總覺得群青頻道已經超乎我的想像就是了……反正經營得順利又不是壞事，算啦。

「雖然我看得出這個女生的年齡層……但她是幾歲啊？」

單聽姓名可以知道她是混血兒，不過正因如此才難以判斷年紀。

明明身高和真理愛差不多卻手腳修長，豐滿胸圍與苗條腰圍明顯非屬日本人。長得一副娃娃臉，言行舉止也有稚氣之處，起初我以為她的年紀跟蒼依及朱音相近，但那樣又顯得身材太凹凸有致。

哲彥隨口搭了話。

「小雛，記得妳是十五歲吧？」

「沒錯啊。以學年來說是讀國三。」

「她都這麼說嘍，末晴。」

「為什麼你跟初次見面的頂尖偶像可以像朋友一樣搭話啊？心臟強大到這種程度，簡直令人感動。」

她可是讓白草如此特別看待的女生耶！正常來想多少會怕吧！

當我對非凡過頭的哲彥嘆氣時，就發現小雛仰望而來的視線正在觀察我。

「請問～～我可不可以占用一下你的時間？」

「咦，妳說我嗎！」

「是的。」

小雛對著我笑了笑。

我憑直覺就有了把握。

（啊～～這個女生，是天使……）

雖然蒼依也是天使，但蒼依屬於既含蓄又溫柔的療癒系和風天使。

小雛則是頭上有光環，還長了翅膀，天真爛漫的西洋天使。

不過我在心裡想將她跟蒼依做出區別，既然小雛有「日歐妖精」之稱，就叫她妖精好了。

「總算見到你了呢，丸末晴先生。我從很久以前就一直希望跟你見面。」

「謝謝，很榮幸被妳認識……等等，妳說從很久以前？」

「是的！雖然我是在前輩消失以後才出道的，不過你一直是我的目標！前輩在各式各樣的攝影現場留下了傳奇，我每次都會聽到你的大名……啊，我擅自稱呼你為前輩，這樣不要緊嗎？」

「行啊，妳想怎麼稱呼都可以。我也叫妳小雛可以嗎？」

「好的！請多多指教，前～～輩！」

唔哇，這個女生好猛！

要說的話，美女型比可愛型更讓我招架不住，但是這個女生的「前～～輩！」卻可以打動我。她的語氣有一絲絲撒嬌，還帶著鼻音，能夠搔中我的內心深處。

雖然積極向我撒嬌的真理愛也是這樣，不過真理愛會讓我從隻字片語間感受到她的心機。以棒球來比喻，就是靠控球或變化球拚輸贏的類型。

但小雛就是一顆大直球。她會拋出純度百分之百的好感，其球速甚至有飆到讓我受到震懾。

多虧跟志田家的人來往，讓我對年紀小的女生有免疫力，才能保持平常心……不過照這樣看來，難怪她能擄走世上男性的心……

「咳！」

刻意為之的咳嗽聲。

現場會做得這麼露骨的人，就只有一個。

「小雛，差不多夠了吧？時間有限喔。」

「好～～！那麼，末晴前輩，麻煩等我工作告一段落再來慢慢聊！」

話說完，小雛就活力充沛地移動到瞬老闆身邊。

瞬老闆作戲似的撥了頭髮，然後朝在場的眾人說道：

「看來我不用多做介紹。她是我發掘培育出來的偶像……如剛才所說，行程空了一小段餘暇。因此我想向各位提議，能不能讓她──虹內・雀思緹・雛菊代替這次因病缺席的NODOKA小姐飾演人魚公主呢？」

這番話讓劇場再次被震驚的聲音所籠罩。

「咦……？咦咦咦咦！」

「我原本就希望她也能以女演員的身分活躍，而不是只當偶像。她並無舞台經驗，但是從很久以前就一直在練習。我認為是時候讓她站上舞台了。我想這件事對雙方都有好處，不知道各位覺得如何？」

……原來如此。瞬老闆要來搶群青同盟的工作啊。

小雛是頂尖偶像，知名度與人氣都遠遠勝過我們。假如她表示要演，群青同盟必然會被勸退。瞬老闆的手段依舊下流。

這段發言頓時讓廣告研究會的人興高采烈。

「噢噢噢噢噢噢，太棒了吧！」

「好啊好啊！讓她演！拜託您了！」

「如果照這樣安排，話題性根本不是群青同盟比得過的！」

「就是啊！」

我沒好氣地望向那些人。

「奇怪……我怎麼覺得在短短幾分鐘之前，才聽到這幾個人說過：『有任何事請隨時吩咐我們！』……」

哎，我可以理解對方的心情。假如小雛說要接手演這齣戲，慶旺大學的人當然會把我們拋到腦後，並且表示「請務必幫忙安排！」吧～～……

「呃～～請等一下。事情這麼突然，嚇到我了耶～～」

悠然發出聲音的人，是話劇社茶船的代表志摩小姐。

「我們已經談好要讓群青同盟的人演這齣戲了，因此現在又說要替換演員，是會讓人不知所措的……」

太好了，大學生這邊有人替我們說話。這種臺詞對我們來說有點難以啟齒，所以還真是幫了大忙。

「哦，原來你們那樣談妥了啊。居然會發生搶角色演的狀況，這下頭痛了……」

瞬老闆把手湊到額前，誇張地搖了搖頭。假如他在舞台上展現出這麼做作的演技，應該會遭受滿場噓聲吧。

「我個人覺得弄成這樣已經夠麻煩了，乾脆直接由原先拜託的群青同盟代演比較省事……」

「等、等一下，志摩同學！」

廣告研究會的人開口打岔。他們把志摩小姐圍住，一會兒表示「結論下得太快」，一會兒又說「讓小雛演的話輕輕鬆鬆就能座無虛席」，拚命對她好言相勸。

「咦？呃～～可是……」

「妳不要講可是嘛。」

「那樣的話，誰來給群青同盟的人交代呢？麻煩你們把這件事辦妥——呼嚕。」

「別睡啦～～～～！」

感覺狀況變得像在演搞笑劇耶……

傻眼到一半，我就跟真理愛講起了悄悄話。

「小桃，妳覺得怎樣？」

由於對方闖進來攪局，立場變得最尷尬的人是真理愛。

構成問題的人魚公主這個角色由真理愛飾演。照目前情況，可以說她的角色即將被搶走。

「老實說，人家不想把角色讓出去。雛菊小姐確實是頂尖偶像，不過當演員的實際成就是人家比較高。就算她有知名度與人氣，被外行人要求讓位，我也沒辦法陪笑臉回答『請便』。」

「……就是嘛。不過想也知道，那個老闆會用蠻幹的手段跟妳搶。現在怎麼辦？」

「再觀察一下對方要怎麼出招吧。之後我們還是可以因應才對。」

「了解。」

我們簡短商量過以後，就開始觀望瞬老闆的動向。

瞬老闆一直默默看著志摩小姐與廣告研究會爭論，但他抓準了勢頭趨緩的時間點介入。

「要不然，事情這樣辦如何？」

他確認已經聚集到注目，才開口說道：

「我原以為這是好主意才向各位提議的，卻不曉得群青同盟早就出動要代打上陣。這樣的話，指揮演出的女同學說那些話確實是於理有據，先接下委託的群青同盟不應該被怠慢。」

「還真謝謝你喔。」

我無動於衷地回應。

單從剛才的發言而論，我認為瞬老闆說得有道理，不過之前結下的梁子實在太深，我完全信不過他講的公道話。

「話雖如此，難得有這種機會，廣告研究會的各位也想見識小雛的演技吧？」

「當然了！」

面對已經變成像小雛粉絲團的那群大學生，瞬老闆露出了爬蟲類般的笑容。

「那麼——能不能讓小雛接下公主的角色呢？公主的臺詞沒有人魚公主那麼多，但她仍是戲裡的要角。雖然對目前飾演公主的同學相當過意不去，但這樣既能尊重群青同盟，對我來說也可以達成讓小雛上舞台表演的目標。」

「噢噢噢噢！」

廣告研究會發出歡呼。

「的確！」

「不過挑公主這個角色好嗎？我倒覺得由小雛演人魚公主，桃坂演公主也是個辦法。」

瞬老闆對研究會學生的提議回以笑容。

「無妨。畢竟我方屬於後來才表示要加入這齣戲的立場。更何況，即使小雛以偶像身分獲得了成功，在演戲的舞台上仍是新人。禮讓早就以演員身分成名的小丸還有桃坂小妹，是她應當付出的敬意。」

「多麼心胸廣闊啊！」

「感謝您願意這麼說！」

「真不好意思！謝謝您幫的大忙！」

讚美紛紛落在瞬老闆身上。

我們則用冷冷的目光望著這一幕。

「哲彥，你怎麼想？」

「……我本來以為他是來搶工作的，要求同台演出倒有點讓人意外。」

「不曉得他有什麼目的。」

「感覺最有可能的是他對那個偶像的演技大有自信，就想藉著同台演出的方式粉碎你跟真理愛的自尊心。」

「啊～有這種企圖是可以理解……不過我跟真理愛都屬於從底層爬上來的類型耶。換成不懂失敗滋味的菁英族群倒還難說，但我們即使被人用演技比下去，自尊心也不會遭到粉碎啦。」

「……是這樣沒錯。」

黑羽、白草、真理愛也在聆聽我們的對話，並且點了點頭。

「群青同盟的各位也覺得小雛演公主就沒有問題吧～～？」

「啊……對、對啦……」

被廣告研究會的人一問，我只能這麼回答。

憑著小雛的人氣、知名度，營運方當然會希望讓她同台演出。

只是……瞬老闆的提議到底讓人覺得有鬼。老實講，想拒絕的念頭也相當強。可是要拒絕滿懷期待的營運成員，我們缺乏足以使對方信服的理由。

「……發展成令人厭惡的局面了。」

哲彥這句嘀咕準確地表達出我們群青同盟眾成員的心境。

誰都沒有提出反駁。這就表示在我們當中並沒有任何一名成員具備充分的理由，能拒絕瞬老闆的提議。

「不得已的選擇，合情理的推展，理所當然的考量」——種種條件累積成當下的情況。這讓我們感到非常排斥，摸不透對方的真正心思也很難受。

「那麼，同台演出的事就這樣敲定嘍。」

瞬老闆做出結論。

周圍原本在觀望情況的人們情緒隨之沸騰。

「對了，難得有機會促成同台演出，我們要不要採用比賽的形式？」

看吧，早就知道對方有備而來。

群青同盟的眾成員互相交換眼神，並且點頭。

「說起來也沒什麼，這同樣『純屬巧合』，之前我跟群青同盟在廣告比賽發生過一點小事。他們最近似乎舉辦了社團活動的對抗企劃，我看不如就當成其中的一環，讓雙方來場比賽更能炒熱氣氛吧？」

「噢噢噢！」

旁人對這項提議當然表示歡迎。

「那麼——你這傢伙打算賭什麼？」

在樂見其成的氣氛中，哲彥冷酷得嚇人的嗓音響遍周遭。

瞬老闆哼聲一笑，還裝模作樣地撥了撥頭髮。

「這個嘛……光是同台演出，話題性就已足夠。不然我們來賭這場『奇蹟合演』的網路公開權如何？」

「……具體說清楚。」

「群青同盟贏的話，就在群青頻道公開這次的話劇；我贏的話，就在赫迪經紀公司的官方頻道公開。哎，廣告研究會以及茶船應該都希望發表影片，所以前提是他們願意讓出權利。」

令人意外。說實話，這對雙方並沒有壞處。

若能在群青頻道公開話劇，既然是與小雛合演，播放次數必定驚人，廣告收入將相當可觀。

不過，反過來講也就如此而已。無論輸贏都一樣會公開。

輸了也只是失去收入，並不會有支出。我們又不是為了謀生才公開影片，所以損失可說幾乎為零。

穩當的賭局。倒不如說，「穩當過了頭而令人戒懼」。

（瞬老闆想避免被評為缺乏大人樣，才設了穩當的賭局？）

即使如此，只求這點成果的話，我還是搞不懂他特地帶頂尖偶像過來有何用意耶。

廣告研究會與茶船的成員正在討論。

結論立刻就出爐了。
「我們對老闆提的主意沒有異議。」
「是嗎？太好了。那麼，群青同盟的各位意見如何？」
我們稍微拉開距離圍成一圈。
「既然摸不透對方的招數，要說的話，我是持反對意見。」
白草率先開了口。
「對於那個人，我實在無法欣賞，而且只覺得有不好的預感。坦白說，我的感想是不希望跟對方有所牽扯。」
「我也贊成可知同學的意見。」
黑羽跟著悄悄舉手。
「或許哲彥同學會覺得廣告的收入屬於利多……老實說，我比較討厭承擔看不見的風險。小晴你呢？」
「感覺條件算妥當，我個人也覺得有比賽才會激起鬥志。雖然不清楚小雛的實力，假如用投票決定輸贏，就是知名度遠勝於我們的小雛占上風。靠演技來克服這一層障礙會很有意思。當然，我也明白小黑與小白的擔憂，所以並不會積極表示贊成。」
「比演技的話，你們就有勝算嗎？」

哲彥問道。

「嗯？那當然要試過才會曉得啊，但我可不認為自己跟人比演技會輸得一蹋糊塗。畢竟這裡不只有我，小桃也在。」

「也對……這樣的話，引導觀眾投票的提示還是別寫成『請投給您喜歡的那一方』，設計成『請投給您心目中演技比較好的那一方』就行了……」

奇怪，他的反應有點出乎意料。

「哲彥，難道你想答應嗎？照你的脾氣，我還以為你會說：『誰要照那種人渣敗類的提議辦事啊！』」

「我知道有陷阱，但既然知道就多少能防範於未然。我們故意踏進去，再把那傢伙設下的局連陷阱一起搞砸，這樣不是挺爽的嗎？」

啊～～哲彥的想法是因為討厭對方才要鬧個七葷八素。這也滿符合他的作風。

「人家也贊同哲彥學長的想法。」

沉靜而堅定的語氣。

「瞬老闆相當纏人……畢竟，他之前還來找過末晴哥哥的麻煩。雖然可以知道這當中有陷阱，但我們是不是有必要給點顏色瞧瞧，好讓對方曉得就算對群青同盟出手也占不到便宜呢？」

對喔，即使逃過這次比賽，瞬老闆還是會來找碴嘛。

我試著問了大家的意見。

「還是我們乾脆加碼跟他賭，多開一個往後不准再來找碴的條件怎麼樣？」

「那沒有用吧。」

哲彥輕易否定了。

「為什麼啦？這不是好主意嗎？」

「叫他往後不准再來找碴……末晴，那個人渣敗類就算輸掉，也只會跟你裝傻：『找碴是指什麼呢？』除非逼他簽承諾書，否則沒有意義啦。」

「啊……」

說得對。目前，就連他透過週刊雜誌抖出我的往事這筆帳都找不到證據。除非能掌握確切證據，或者有辦法讓他簽承諾書，不然只要對方一裝傻就沒戲唱了。

「以那些大學生為首，這次除了我們以外還有許多人參與，想叫他先簽承諾書再來認真對決是辦不到的。另外，我們彼此都無法在檯面下動太多手腳。」

這傢伙居然若無其事地說了「彼此」。表示情況允許的話，他大有意願去搞一些騷擾對方的花樣嘛。儘管哲彥就是這樣才讓我覺得可靠。

「總結來說呢，這場比賽——贊成的有我、末晴、真理愛三個人。票數三比二是要答應比賽的，妳們懂嗎？」

黑羽和白草不情願地點了頭。

「哲彥同學姑且是同盟的領袖，主演的兩個人又都表示贊成的話，那我或許只能叫所有人小心了……」

「是啊。我的意見也跟志田同學差不多。」

「那麼——這件事就通過嘍。」

哲彥從我們圍成的小圈圈離開。

「我答應跟你比。」

「那太好了。我要向群青同盟的各位致意。」

「呿，說這種令人不爽的話。」

「嗯，雖然你口出狂言，但是我的心胸如大海般寬廣，當場原諒你又有何妨。」

這兩個人的關係真的很惡劣耶。這已經不是單純交惡的等級了，簡直令人懷疑他們前世會不會是源氏與平氏那樣的天敵，氣氛感覺隨時廝殺起來都不足為奇。

「順帶一提，能不能請虹內小姐也參與接下來的對戲～～？」

志摩小姐一問，小雛就原地蹦了起來。

「我當然要參加嘍！還有，請不用稱呼我虹內小姐，直接叫小雛就可以了！大家都一樣！」

是的，她真可愛！

不愧是偶像……氣場屬於另一個次元耶……

天真浪漫的氣場，讓現場逐漸得到淨化。那些大學生也被她的可愛與手采迷倒了。

「我好高興能敲定這次的合演，前～～輩！還要再請你多多指教！」

不知不覺中，小雛已經來到我身旁。

這個女生明明是偶像，採取的距離卻格外地近。假如國小或國中有女生用這種距離和同學相處，應該會受歡迎到要命的地步吧……

可愛得足以成為頂尖偶像的女生居然這麼隨意就跟自己有肢體接觸——我光是稍微想像，就覺得會有一票人自作多情地墜入愛河。

話雖如此，對方年紀比我小，又是初次見面的女生。再加上大學生都被她迷得神魂顛倒，我反而就冷靜下來了。

「好啊，我才要請妳多指教。」

「不過太好了。過去我一直覺得懊惱。」

她散發的氣息略有改變。

天真浪漫依舊，卻多了一絲頑童使壞般的氣質。純真使然的小惡魔探頭出來了。

「誰教我出道的時間比前輩晚，至今都沒有機會分高下。」

「分高下？」

「沒錯，分高下。在演藝界不是吃人就是被吃。即使不明言也會自然就分出高下，結果則是以知名度或業主所發的委託呈現出來，不是嗎？」

這話說得相當激進，但我沒有否定她的意思，因為我覺得正是如此。

「放眼望去，目前在我這個世代有可能名氣贏過我的，只有末晴前輩與真理愛小姐而已。所以出於私情，我擅自將兩位視為對手了！」

「哎呀，妳太看得起我啦。」

小雛是不折不扣的頂尖偶像，我不覺得自己比知名度或人氣能贏她。

「……原來如此。前輩並不是在謙虛。但是，正因為這樣才讓人覺得恐怖。」

「小雛，說起來妳跟小桃有相似的地方。」

「是嗎？」

「職業意識強烈，隱約可以感受到，妳們都是無可限量的求道者。」

這兩個女生會被獻殷勤都是理所當然，卻沒有因而自恃。她們反而不在乎那些，表現出來的都是在工作上力求完美的意欲。

對工作所懷的自尊心與態度有嚴格之處。她們就是這一點相像。

真理愛忽然站到我旁邊，還用冷冷的眼神看向小雛。

「人家倒不那麼認為，但人家不會否認末晴哥哥的看法。只不過——妳從剛才就一副質疑我們有沒有能力贏的口氣，大概只有這一點是人家不太能接受的。」

喂喂喂……剛加入對話就用這麼凶悍的態度……真理愛的競爭意識居然已經完全點燃了。

「以演員來說，我是新加入的一分子。兩位在舞台上都可以稱作前輩，因此我懷著向前輩討教的想法！」

「……說的也對。教導後進體認現實也是前輩的職責，人家願意指點妳。」

面對露骨的挑釁——小雛反而開心似的笑了笑。

「太棒了！最近都沒有人這樣對我說話了，好期待喔！」

「哎呀，是嗎？那可真是萬幸。」

真理愛釋出的強烈敵意讓我覺得：「妳是小姑啊？」但我決定不提這件事。

「真理愛小姐，往後我也可以稱妳為前輩以示敬意嗎？」

「請自便。」

她們兩個在立場與面對工作的態度有滿多相像之處，我本來以為應該會相處融洽，沒想到卻產生排斥了啊～

話雖如此，心生排斥的只有真理愛這一邊，而小雛完全不以為意，真不知道該怎麼解讀……

這大概就是追逐者與被追逐者的心態差異吧。

「啊，不過我有一件事想要麻煩前輩！」

小雛像是整個人蹦起來地舉起手。

「哎呀，什麼事呢？」

「要輕視我也沒關係，可是請你們千萬不要放水！我希望來一場認真的比賽！」

小雛用可愛的動作擠出手臂上的肌肉。

「尤其是——末晴前輩。」

「咦，妳說我嗎！」

我不由得用手指了自己。

「我看了前輩升上高中後的所有影片，卻一直覺得前輩應該還能有更好的表現……所以說，請你務必要展現真本事喔，前～～輩！」

「！」

我從來沒有留手——理應是這樣。

可是，難道在小雛看來並非如此嗎？

「我認為自己一向都有盡全力耶……」

「原來你有那樣的自覺。我懂了，以演員而言，末晴前輩屬於天生實力派，真理愛前輩則是機關算盡派。」

不曉得這個女生從我們身上看出了什麼……

身為偶像，這個女生在容貌、氣場上都具備首屈一指的資質。

但跟她交談過後就懂了。這個女生的強項不僅如此，她真正厲害的特質是位在更加深層的部分。

要看內在，而非外表。感覺她在精神層面有種說不出的強大。

「呃，那麼我希望大家差不多該開始對戲了，請問可以嗎～」

志摩小姐說的話讓我回過神來。

哲彥對群青同盟的成員做出指示。

「末晴、真理愛，你們都將心思專注於對戲。」

「ＯＫ。」

「人家會照辦。」

「志田與可知就試著參加接下來的排練，然後決定正式上場時是否也要軋一腳。」

「了解。」

「我明白了。」

哲彥用拇指指向背後的瞬老闆。

「我去跟那傢伙談清楚詳細條件。啊，玲菜妳負責拍攝對戲的畫面。」

「不，阿哲學長，我跟著你過去攝影。誰知道那個老闆會祭出什麼招數，多幾個人一起去比較好。再說攝影也可以存證。」

哲彥閉上眼睛——然後立刻就睜開了。

「……好吧。妳跟著我。」

「了解。」

瞬老闆露出自信的笑容，還動了動下巴引誘哲彥過去。

儘管哲彥的太陽穴隨之抽搐……不要緊，他有把持住自己。

怕就怕哲彥失去冷靜。他會顯得比剛才沉著，陪在旁邊的玲菜應該是一大要因。

「劇本交到雛菊小姐手上了吧～～？那我們從第一幕開始排練。關於角色的站位——」

我目送哲彥他們的背影後，就開始聽志摩小姐的指示。

＊

以對戲為主的舞台排練約在一小時結束，之後我們移動到茶船在大學裡常利用的空教室。

空教室原本似乎是一間會議室。目前桌椅都被摺疊起來收到牆際，變成了練話劇的場地。

由於距離正式表演時間已經不多，我們大致確認過走位後就轉而練習投入情緒的演技。

『莫非……你就是王子大人！請、請問，你的身體已經不要緊了嗎？』

『是啊。多虧有妳照料我的病情。』

目前正在排練的是王子大人（我）迷上了照顧自己的少女（小雛），卻被迫跟鄰國的公主訂了親事而打算拒婚，結果就發現自己迷上的少女正是鄰國公主，這樣的一場戲。

要說的話，這算是一場「奇蹟般的重逢」。對小雛飾演的鄰國公主來說，可謂被要求表現出嬌憐可人的超重要場景。

『怎麼會，我根本沒做過什麼大不了的事……』

『更重要的是，我有事想要問妳。』

『好的，是什麼事呢？』

『這樁親事，妳會答應嗎？』

『——咦！』

『起初，我是打算拒絕的。因為，我忘不了守在病床旁邊的妳……』

『王子大人……』

『不過，原來跟我訂定婚約的人就是妳。這只能想成是命中註定！然而，這不過是我自己的想法，重要的是妳所懷的心意。萬一妳對我並沒有任何感覺——』

『不，沒有那種事……』

『咦……？』

『我也是——從在病床旁邊照顧你的時候就一直——』

這一幕只有我跟小雛的互動，因此可以直接感受到她的實力。

在臺詞來往之間，我有這樣的感覺。

（這個女生——真會演！）

與其誇她的演技好，不如說是個性鮮明，她表達出的個性十分出色。

以好萊塢電影明星來說，也不是任何角色都能演就會躋身一線。

比方說，有人光靠「最強動作戲英雄」的定位即可成為世紀巨星。比起多才多藝的演員，或許在單一特色或定位上絕不輸人的演員更能躋身一線。

這個女生的特色在於清新純真——徹頭徹尾的光屬性，毫無陰暗面。從閃亮無瑕的定義而言，當前在日本……不，恐怕全世界都找不到比她更上乘的存在吧。

儘管知道是演技，連我都差點受到小雛那蘊有明星光彩的眼睛吸引。假如在大螢幕見識到這對眼睛，不知道會有多少男人為其著迷……光想就覺得嚇人。

「卡！」

志摩小姐的聲音響起。

「哇啊～～你們兩位都好厲害～～」

「志摩小姐，能不能請妳履行自己身為導演的工作？」

真理愛開口吐槽了。

畢竟志摩小姐說的話完全跟觀眾一樣。

「咦～～可是～～他們倆都又帥又可愛，我沒有什麼好說的耶～～」

「嗯，對啊，話是這麼說沒錯……」

真理愛似乎應付不來。志摩小姐從剛見面的時候就像個發條沒上緊的人，但是應該沒有人料到她在排練開始後也還是同一個調調吧。

老實說，我也在遲疑要如何應對。

我們終究只是客人，年紀又比較小。即使以職掌來說，也各自處於指導與被指導的立場。我對自己的角色還敢出意見，但要插嘴談論別人的角色相當需要勇氣。

「真理愛小姐覺得怎麼樣呢～～？假如有注意到什麼，請妳儘管說，不用客氣～～」

「！」

對方輕易交出話語權，讓真理愛瞪大了眼睛。

不過既然得到了允許，真理愛立刻收斂表情，把視線轉向我們。

「末晴哥哥的演技倒沒有多少空間能讓我置喙……」

「有任何一點能改善的地方就告訴我啊。」

「……我明白了。那麼，恕我直言。」

真理愛換上身為女演員的臉孔，亮起了眼睛。

「關於末晴哥哥的部分，我個人認為，是不是可以再把情緒表達得明顯一點？」

「嗯。」

「考慮到角色是王子，末晴哥哥在情緒上應該有刻意壓抑，不過我覺得以觀眾容易理解為優先會比較好。妳覺得呢，志摩小姐？」

「有理有理，我贊成～～」

志摩小姐一講話就讓人感到無力耶……我完全搞不懂她對真理愛的意見是本來就所見略同，還是單純搭個順風車而已。哎，感覺八成是搭順風車。

「再提到小雛同學……老實說，妳演得比想像中好。」

「謝謝前輩！」

「既然妳這麼能演，是否可以更進一步……擺出讓人感受到命運性的表情呢？」

「……我能理解話中的意思，不過麻煩前輩再說明得具體一些。」

原來小雛也能擺出嚴肅的臉。專注於眼前事物，不錯的表情。

「妳現在只是演得讓人覺得可愛。雖然這樣已經夠好了，但我希望能在表情上看見深度。」

「深度……」

「對。公主從照料王子的病情以後就一直將他放在心上。這樣的話，當公主聽說訂婚這件事的時候，妳覺得那會是什麼樣的心境？」
「……會不會跟王子一樣，有意拒絕呢？」
「人魚公主這篇故事是在一八三七年發表。由於腳本經過改編，或許考究年代並無太大意義，然而那是拿破崙已逝，歐洲正在推行王權復辟的時期，我想這一點仍要納入考量。畢竟王室聯姻被寫進了故事之中。」
「……是的。」
「此外，我認為當時女性並無發言權這一點也該考量進去。置換成現代也就罷了，依當時的觀念，公主要拒絕親事是否可行……這會讓人有疑問呢。」
「原來如此，確實有道理。」
「按照人家的想法，公主生為王室的一分子——想必會肩起職責，深埋這段感情，痛下覺悟才來與王子見面。於是她發現意中人正是聯姻的對象，這會帶來多大的喜悅？背負故事的情節，喜悅便有命運性。」
「原來如此……！」
不愧是真理愛，有仔細在思考。她指出的問題點，我也全面贊同。
「從末晴哥哥的演技有感受到命運。既然人魚公主是主角，王子在這個場景的內心轉變就會刻劃得比較細緻。反觀公主，戲份不多，因此非得趁這時候將性格與意志展現得比王子更明確才可以。」

「假如王子與人魚公主是以線條刻劃出來的，塑造公主靠的就是點……妳的意思是要我留意演技，設法將其串聯起來？」

「對。希望妳能幫觀眾將角色當中的空白填補起來。既然從今天起步的妳一下子就能演到這種水準，我認為是可行的。」

「……我明白了。我會意識到剛才那些建議，請讓我再試一次！」

熱絡起來了呢。從這一幕能確切體認我們正在演話劇。

感覺小雛的性格直率，又有理解力。劇本已經離手，可見她的記憶力也不錯。

既然她是頂尖偶像，說不定私底下會有一點耍大牌的毛病——原本我這麼想像過，卻絲毫看不出這樣的跡象。這個女生，是純真自然的好孩子。

而她會跟那個流裡流氣的瞬老闆搭檔還處得來，倒是有點不可思議……如果有機會再問問看好了。

排練持續進行。

值得注意的應該是黑羽和白草的演技。

她們倆原本對演戲這件事就不積極，感覺姑且是為了製造話題……才分到角色的。

這麼一想，當小雛上台時話題性就已經充分過頭了，由她們倆參演的必要性也隨著大幅下降。問題只在於——她們倆有沒有當演員的意願吧。

演侍女的黑羽對人魚公主耳語：

『王子大人年幼時失去了一位王妹，那位王妹長得就跟妳一模一樣。』

……不愧是黑羽，演戲難不倒她。只是，演技好像稍嫌生硬。

話雖如此，侍女的臺詞頂多就這樣。剩下的戲份大多只是隨侍於舞台後方，練習過想必就足以上陣演出……

接著則是演人魚公主姊姊的白草。

『人魚公主，我要妳用這把短劍捅進王子的胸膛！』

……分這個角色給白草的人，我看是故意的吧？

人魚公主的姊姊是來幫助人魚公主的角色，所做的卻是「遞出短劍，並唆使她刺殺王子」這種恐怖的舉動。因此讓白草用歇斯底里的調調這麼一演，就顯得十分合拍。

大概是角色合適所致，白草順利融入角色，並且喊道：

『淋到王子濺出的鮮血，妳便能肥歸人魚之身！』

「……嗯？」

「嗯？」

「……肥歸？」

戲正在排練，笑場是不行的……

儘管大家都有這層認知，卻「因為如此才格外惹人發笑」。

「————！」

硬著頭皮繼續演就能進入下一句臺詞才對，但白草主動放棄了。

「唔～～！」

「欸，卡卡卡！志摩小姐，請妳要幫忙喊停！」

志摩小姐的反應太慢，我忍不住就開口了。

「咦～～可是，你不會希望多看看她這種可愛的模樣嗎？」

「妳也夠狠心的耶！雖然確實很可愛啦！」

之後，鬧脾氣的白草把自己關進了洗手間，好一陣子都沒有回來。

結果我們撇開白草繼續排練，當戲演完一遍的時候，瞬老闆就回來了。

「小雛，不好意思，時間差不多了。」

哲彥與玲菜遲了點過來。從哲彥眉頭深鎖的模樣來看，他們談比賽條件似乎有滿大的爭執。

小雛深深地戴上帽子。

「前～～輩！雖然時間短暫，今天我學到了很多！」

「我才是呢。妳的存在感一直壓得我喘不過氣，不愧是當紅頂尖偶像……」

雖說是戲裡的角色關係，面對小雛一心一意的示愛，我這個當前輩的都忙著在內心提醒自己：「這是演技！」「不能真的愛上她！」

「那是我要說的臺詞喔！前輩的演技正如期待……想到之後還要再排練，我就更期待了！」

「唔，妳給的評價太高會讓我害怕……」

「沒問題的，前～輩！」

她叫我「前～輩！」的方式可愛到極點。這個女生果真是妖精。光是這句說話聲就讓人想錄製成一百分鐘的馬拉松影片上傳到WeTube。

「我也要感謝真理愛前輩！演技果然厲害！我還要感謝妳的演技指導！」

「哪裡，我才要感謝妳。我得說，敢挑起比賽果真是有相應的實力。不過下次我會更不留情喔。」

真理愛在小雛面前依舊像個小姑耶。她到底是演戲成癮的戲精，儘管不得不承認小雛的實力，在內心某處仍隱約可見無法完全認同的念頭。

「好，請前輩務必多指教！」

「哼～妳、妳滿有膽識的嘛，人家言盡於此。」

面對真理愛那些像小姑一樣的臺詞，小雛始終笑容滿面。看來刻薄話對無懈可擊的光屬性完全沒用。

大概是因為這樣，真理愛的臉頰頻頻抽搐。

「小桃，妳剛才說過我和哲彥的舒適圈『似乎都在見不得光的地方』，可是妳自己也差不了多少喔。」

「才、才沒有那種事喔，末晴哥哥。喔呵呵。」

「妳居然會『喔呵呵』地笑，表示受了滿大的打擊。」

「請哥哥別說了……」

小雛在被迷得神魂顛倒的大學生們目送之下，跟瞬老闆一起離開了。

哲彥看向時鐘。

「那傢伙突然現身，導致時間拖得比預期還要晚。我們差不多也該回去了。」

已經傍晚啦？一排練，時間就在轉眼間過去了。

「你們幾個家裡有沒有門禁的問題？忽然被要求比賽，可以的話，我想找你們到家庭餐廳一邊吃飯一邊商量之後的對策。」

「嗯，有先聯絡就不要緊。」

感覺家裡門禁管最嚴的白草都這麼說了，我想大家都沒有問題。

因此，我們離開大學到了家庭餐廳。

＊

秋夜長。太陽在轉眼間下山，等我們抵達家庭餐廳時已經天黑了。

起初還差點發生為座位吵起來的狀況，結果我們決定以兩名男性＋玲菜跟三名女性面對面的形式入座。

「所以，來談比賽的方式——」

所有人點完餐以後，哲彥便進入正題。

「慶旺大學舉辦的校慶，會在正門免費配送活動簡章。目前已經談好要將投票券夾在簡章當中了。然後呢，學校裡將有幾個地方預先備妥投票箱，讓觀眾從群青同盟與小雛之間選擇『演技較佳』的一方投票。當天下午六點結束投票，晚上八點公布結果。另外，由於事情的規模比預期更大，目前廣告研究會正在張羅，以便讓遊客從劇場外面也能觀賞《人魚公主》。會利用空教室舉行重播幾乎是可以確定的。研究會還在努力設法申請用主會場的大螢幕進行實況轉播，不過設備已經被別人登記了，所以或許有困難，就這樣。」

「沒想到投票方式會這麼傳統。」

我首先想到的是這一點。

近年辦網路投票已經是理所當然，為此建構系統也難不到哪裡去。

「我們是預估用網路投票的話，全日本的『雛教徒』很有可能大舉湧來。」

「雛教徒」似乎是小雛粉絲的代名詞。據說那些「雛教徒」還將小雛奉為「雛神」來崇拜。

「哎，發展成那種局面就百分之百會輸。」

「原來如此……」

想到偶像粉絲接收資訊的天線之敏銳還有行動力，我立刻就信服了。

「不過照你這麼說，用紙投票還是會發生相同的情況吧？」

「雛教徒」湧入大學灌票——這種事十分有可能出現。

「那個混球好像也想避免造成騷動。在當天發放簡章與投票券之前，他會先扣著小雛參演的情報。」

「這樣好嗎？」

「他是認定事先公布的話，學生會承擔不起吧。順帶一提，群青同盟的參演情報是在明天公布。那傢伙甚至也有談到觀眾若還是來得太多要怎麼因應。」

「那樣雙方條件算是對等嗎？」

「有足夠的勝算。對手是頂尖偶像，知名度與粉絲的忠誠度沒得比。不過實際上比賽是二對一，我估計將末晴和真理愛的知名度加在一起就行得通。」

「嗯？二對一？小黑和小白不算進去嗎？」

「基本上，要比知名度是你們兩個高得多。把你們兩個加在一起的話，志田與可知能聚集的人氣只能造成些微誤差啦。」

雖然我沒什麼踏實感，不過大概就是哲彥分析的那樣吧。

「啊，甲斐同學，說到這個──我決定退出演員陣容。」

白草淡然說道。

「小白，妳還在介意剛才的口誤……」

我不禁談到那個話題，白草就臉紅了。

「我、我做這樣的決定是因為……呃，正如小末所說，剛才的口誤並非全然無關。想到自己若在一次定成敗的舞台上出那種狀況……我就拿不出自信。何況由我參演的必要性實在不大。」

「抱歉，這次我也希望能退出。」

黑羽微微舉起手。

「我的理由跟可知同學類似，但最主要的因素是那樣似乎會扯到小晴與小桃學妹的後腿。」

「怎麼會，妳根本沒有扯後腿啊。」

我予以否定，黑羽卻搖了搖頭。

「我嘗試以後就知道，自己跟你們兩個水準不同。跟小雛比當然也是。哲彥同學，這次的投票是由『群青同盟』跟『小雛』對決吧？」

「對。」

「既然如此，我出場的話肯定會拉低平均分數，感覺這並不是一朝一夕就能填補的差距。我想小晴和小桃學妹最清楚其中的道理，難道不是嗎？」

黑羽態度冷靜。我和真理愛的演技，儼然跟黑羽和白草有差距。

這並非有天分與否，單純是練習量的差異。

因為黑羽和白草都具備在舞台上也能吸睛的容貌，我認為她們相當有資質。不過這就跟高中才開始打棒球的人沒辦法立刻贏過從小學開始打棒球的人是同樣的道理。

哲彥聳了肩膀。

「ＯＫ。這件事我會在今天之內轉達給對方。」

黑羽和白草捂了捂胸。應該是哲彥毫無異議地答應這一點讓她們鬆了口氣吧。

當氣氛變得輕鬆一點以後，餐點就送到了。

我們進入用餐時間，無關緊要的話題此起彼落。

忽然間，哲彥向我問道：

「欸，末晴，小雛演得怎麼樣？」

對喔，哲彥跑去談條件了，所以完全沒有看見小雛的演技。

「以純粹的演技力來說，我想應該是我和小桃占上風啦，或許該說那個女生不愧是當紅頂尖偶像，散發出來的氣場非常不得了……」

「哦……」

「而且她個性直率，身為頂尖偶像卻態度謙虛而不會過度自信，所以在排練過程中進步得很快。總之就是有強烈的上進心。像她那樣可以算是一種怪物了。」

「那可真不好對付。」

「演到適合的角色也有構成威脅喔。公主這角色純真而嬌憐，跟小雛搭配得正好。正因為如此，她表現得非常出色。」

「哎，畢竟你本來就不是王子那一型，真理愛也不太有人魚公主的感覺。」

真理愛把腮幫子撐得鼓鼓的。

「這話很令人心寒耶。或許性格多少有差異，但是人家會用演技彌補，所以不成問題。」

「只是，我們真的不能掉以輕心。『合適的角色足以超越演技』，這在演戲時是常有的狀況。像我被那個女生含情脈脈地看了好幾次，演著演著就差點——」

話說到這裡，迎面釋出的殺氣讓我噤聲了。

「演　著　演　著　就　差　點　？」

「下半句是什麼呢，小晴？」

腳好痛……因為我遭到了來自桌子底下的攻擊。

白草踩在我的腳趾上猛踩，而黑羽大概是腿比白草短的關係，就用腳尖踢我的小腿。雙方都精準地朝著能讓人痛到最高點的要害出擊，好可怕。

「沒、沒有啦！誰教對方是頂尖偶像，被那樣深情凝望的話，只要是男人都會——」

「只　要　是　男　人　都　會　？」

「希望你能說得詳盡一點，小末。」

「是啊是啊，我也想聽後續耶。好不好嘛，小晴。」

「好痛好痛，這樣真的很痛。」

桌面搖晃，餐具隨之叮叮噹噹作響。

早就吃完飯，還在我旁邊用手肘拄著桌面的玲菜嘆了氣。

「即使藉口合情理，會這樣自找苦吃真的很像大大的作風……」

「玲菜，拜託幫幫我。」

「幫大大叫救護車可以嗎？」

「妳別把我會受傷當前提採取行動啦！」

＊

隔天星期日，我們也在大學排練。

小雛實在是來不了，據說下次她確定能來是在表演前一天的彩排。

順帶一提，彩排是指定裝排演，跟正式表演時一樣在舞台上進行的最終演練，具有將整齣戲的流程從頭到尾跑一遍的含意。

「在我看來感覺練得很順利，你認為呢？」

排練後，當我正在被人交代用來當更衣室的空房間換衣服時，哲彥就問了一句。

「嗯，算順利吧。照這個步調的話，我跟小桃想必都來得及練熟。志摩小姐沒有發揮導演的功用倒是稍有問題。」

說起來，那個人不算壞人。她動不動就會稱讚：「演得好棒～～」因此可以激起大家的表演意欲。

然而在演技方面就缺乏指導。ＮＯＤＯＫＡ小姐應該有說過「可以隨我們發揮」。

因為這樣，實際上都是我跟真理愛在協調演出。

「贏得過小雛嗎？」

「即使把對方的人氣考慮進來，我想大概可以……不過，小雛的演技光是昨天一天就大有進步，感覺唯有這一點實在鬆懈不得。」

「……我還是搞不懂。」

哲彥搔了搔頭。

「你搞不懂什麼？」

「這場比賽。不像『那傢伙』的作風。」

「嗯～～」

確實如此。相較以往缺乏緊張感。

廣告比賽那次輸掉的話，對方就會向警方報案被我潑紅酒的事。

製作紀錄片與真實版結局時，我的過去遭到週刊雜誌爆料，當中甚至還有誤導人的資訊。放著不管肯定會對當時的相關人士造成困擾，倘若因應稍有耽誤，被媒體一報就會鬧得不可收拾。

因此我覺得這次也有惡毒的盤算藏在其中，卻完全看不出形跡。

「在你陪著真理愛的時候，她的父母都沒有來找她吧？」

「是啊。我有留意但沒看見人。」

「那真理愛有沒有什麼異狀？」

「沒有。你有感覺到嗎？」

「我就是看不出來才會問你。」

「至少我也看不出有什麼異狀。」

哲彥搔了搔頭髮。

「……那就沒辦法啦。我會再試著多方打聽一下。麻煩你就繼續守在她身邊，並且設法盡全力贏這場比賽。」

「好。」

「還有，今天你送真理愛回家以後，會直接在她們家吃飯吧？」

「欸！你怎麼知道的！」

奇怪了，我明明都有守密才對。

我當然毫無非分之想……呃，對於繪里小姐的性感家居打扮是有一點點期待啦……但我可不想被黑羽或白草嗅出端倪——所以就打定主意絕口不提這件事。

然而怎麼會露餡？

「剛才你不在的時候，真理愛就對志田與可知炫耀過啦。」

「為什麼大家都喜歡自己找罪受啊！」

肚子好痛……我開始不想回家了……

「反正你之後被她們教訓也沒什麼大不了。」

「最好是沒什麼大不了！你真夠渣的耶！偶爾也幫我講幾句好話嘛！」

哲彥無視我的話繼續說：

「到真理愛家時，麻煩你向繪里小姐探一探口風。即使我跟你都不覺得有異狀，也許換成繪里小姐就會有感覺。」

「啊，原來如此。我知道了——你嚴重存疑的是『小桃的父母已經來找過她，而小桃瞞著我們這一點』。」

「與其談真理愛可不可疑，有絕大因素是出自情報來源啦。」

「原來是這樣。」

表示哲彥對於那所謂的「情報來源」格外信任，真理愛在他心中的信任度反而比較低。

「聽你一說，小桃是有挺固執的地方，還容易獨自把問題埋在心裡，所以我也無法輕易篤定沒有那種可能性……」

「所以嘍，你要先仔細打探情況。」

「知道啦。」

話說到這裡就結束了。

群青同盟全體成員離開大學後，我就在車站和大家分開。話雖如此，我送真理愛到家後會直接在那裡吃晚餐，所以真理愛還跟我在一起。

途中，我們去了超市一趟買東西。

真理愛採購了大量食材，我負責拿東西，兩手拎著購物袋走在她旁邊。

「好重……妳買過頭了吧……」

「人家會做好多好～～多美味的菜色，請你要好好期待喔，末晴哥哥♡」

到真理愛住的那間公寓的路上，只要過了車站一帶，行人就會變得稀少。

我想起哲彥提高了警覺，就決定直接詢問本人。

「欸，小桃，話說妳的父母並沒有來找妳吧？」

「是啊，託末晴哥哥的福。」

答話毫無遲疑，看起來……並不像在說謊。

「人家不想再跟他們見到面，對他們也完全沒有感激之情。然而，現在能像這樣跟末晴哥哥兩人單獨走回家──或許人家倒是可以感謝他們幫忙創造了這樣的機會。」

真理愛將手指湊在下巴，俏皮地笑了笑。

「……妳能像這樣看開也好。萬一出狀況，要立刻跟我聯絡喔，任何忙我都會幫。因為我認識以前的妳，有時候就會擔心。」

不信任他人；像刺蝟一樣威嚇周遭；但又顯得有幾分寂寞；承擔不了的痛苦只能以惹事的形式發洩；即使有天分也從未充分發揮。

如今，她已經是被眾人奉為「理想妹妹」的年輕人氣女演員，做什麼都難不倒她，以韌性來講更不會輸給黑羽或白草。

即使如此，我偶爾還是會心生不安，這應該是因為我知道真理愛內心有多麼脆弱。

「謝謝你，末晴哥哥。」

真理愛由衷感到開心似的笑了。

「不過沒問題的。因為人家變堅強了。」

「但願如此。」

「更重要的是——」

「唔，是什麼？」

「我們兩個像這樣走在一起，感覺好像新婚夫妻呢。」

「噗！」

我忍不住噗哧笑了出來。

「我們還在念高中啦！」

「三年後不就都畢業了嗎？」

「我談的是現在！」

「人家只是稍微放眼未來而已啊。結論是末晴哥哥跟人家會成為夫妻，可以嗎？」

「妳還是不聽人講話耶！」

「真不曉得末晴哥哥說的是什麼意思。」

呵呵呵——真理愛笑了笑。

啊，紅燈。

雙手拎的超市購物袋太重，我便提著擱到地上。

「唉，不過幸好。」

「幸好什麼呢？」

「因為妳一旦打定主意，就會很頑固。光是妳笑得出來，我便可以放心認定狀況跟以前不同了。」

「那是因為有你在啊——末晴哥哥。」

「！」

真理愛忽然用雙手抱住我的頭。

平常照她的身高是辦不到的。這是因為我蹲下來將超市購物袋擱在地上。

她還輕輕地用額頭——直接碰觸我的額頭。

「小、小桃？」

上次做這種動作，是我小時候讓母親量額溫時。

彷彿能讓呼吸交會的距離。

就算對方跟我情同兄妹，我也不得不心慌。

「——以前，末晴哥哥就是像這樣用頭相觸，讓人家清醒過來的。」

「……是有這麼一回事。」

——沒有可是～～～！

記得我當時是對口口聲聲說「可是」而裹足不前的真理愛感到火大，就賞了她一記頭槌。

「末晴哥哥似乎沒有自覺……但是，我從那一天就脫胎換骨了。末晴哥哥，是你把一個原本只能自甘沉淪的女生帶到了可以見光的地方。」

「那是……妳自己努力爭取的成果。」

「看嘛，又來了。不會賣人情算是一種美德，但我覺得末晴哥哥還是可以坦然接受別人感謝的心意喔。」

目光與目光在極近距離內交會了。

真理愛彷彿在訴說——看著我。

她的眼神有一絲絲迷濛，臉頰泛紅，好似有熱度傳來。

我的心跳怦然加速了。

血壓急遽上升，思緒無法集中。

（奇怪，對方是小桃耶——）

當我這麼心想時，手仍在發汗，呼吸也變得急促。

由於彼此額頭碰在一起，我急著顧慮自己的心慌是否會隨呼吸露餡。應該還有比這更值得介意的部分才對，我卻盡是在介意呼吸，越拚命去克制，心理上就越受到壓迫，造成了心跳速度爆衝的惡性循環。

「剛才哥哥說過任何忙都會幫，對不對？」

「對、對啊，我是說過……」

「其實呢，我逞強歸逞強，偶爾還是會有覺得累了的時候。」

「小桃……」

真理愛的視線含情脈脈。

受到她的視線吸引，我好像也熱得無法自已。

「所以現在……請讓我對哥哥撒嬌一下。」

話說完，真理愛的鼻尖貼向我的鼻尖，並且蹭了過來。

再靠近一點彼此就會親到的距離……可是，我卻莫名覺得難為情——像是孩童間嬉鬧的肢體接觸。

「這個呢，叫作愛斯基摩式吻。在阿拉斯加，據說於戶外親吻，嘴唇會被唾液凍住，所以會用這種吻來表示愛意或親密之情。很羅曼蒂克對不對？」

「小、小桃……」

「我也是個淑女，所以像這樣就已經盡力了……誰教我再怎麼認真訴說，末晴哥哥都不肯相信我的心意……所以，我才會試著盡可能用行動來表示親密之情。」

呼——真理愛抽身離開。

我有種不可思議的失落感，彷彿自己失去了寶貴的另一半。

「總覺得，這樣做有失本色呢。」

真理愛羞澀地嘀咕。

接著她摸摸鼻尖——大概是不好意思的關係，就轉身背對我。

「但是，我分到了末晴哥哥的活力。」

幸好她轉過去了，因為我害臊得似乎沒辦法正面看真理愛的臉。

真理愛依然背對我，用纖弱的雙臂擺了奮鬥架勢。

「末晴哥哥，接下來人家就用最棒的菜餚來抓住你的胃，好讓你答應娶人家吧。」

「……喂，妳講的事情跳太遠了啦。」

「呵呵呵……」

真理愛微微一笑。

不知怎地，她的笑容有種神聖感，讓我的心跳速度再次爆衝。

（奇、奇怪……）

這不太對勁。我不可以像這樣，對她心動。

昂揚高漲的情緒，還有難以言喻的不安、恐懼。

我對這種感覺有印象。

沒錯，「彷彿中了毒的感覺」。

啊，我懂了。

剛才，我忍不住認同了吧。

真理愛對我來說並非如妹妹一般的存在——而是個堅強、有韌性、可愛又柔弱……簡直魅力難擋的女孩子。

第三章 新條件

*

一週之始，上學的日子。

我在午休時間跟哲彥一邊吃飯一邊報告昨天跟繪里小姐的交談內容。

「先說結論的話，就是繪里小姐也不覺得小桃有異狀。」

「哦～～」

哲彥啃起豬排三明治。

當我詢問真理愛有沒有哪裡讓人感到不對勁時，繪里小姐是這麼表示的：

『我沒有感受到異狀，但別把我的意見視為絕對正確。』

『就算身為姊妹，彼此仍是不一樣的人，所以也會有察覺不了的時候。』

『尤其是那孩子說謊的技巧已經比以前高明多了……我真的無法分辨。』

當我轉達這些時，哲彥就把牛奶喝完了。

「關於真理愛的父母有可能會來找她這一點呢？」

「我當然也有提到。講完以後，繪里小姐的反應夠誇張的……」

我想起了當時的狀況。

『那我要盡可能跟真理愛待在一起才對呢。』

『抱歉，你等一下……我打個電話。』

『（通完電話）ＯＫ，我把打工辭掉了。』

這段間隔，大約兩分鐘。

驚人的行動力。

「國中畢業的同時就帶著小桃逃離家裡的事蹟果真不假耶……繪里小姐的說法是：『目前打工的地方人際關係融洽，可以的話是想持續到正式就業為止，不過這也沒辦法拿來跟真理愛的重大狀況相比。』」

「那個人果然不是平凡人物……」

哲彥似乎也給繪里小姐相當高的評價。

結果，既然我、哲彥、繪里小姐三個人都沒有感覺到異狀，只能判斷真理愛的父母尚未來找她。

「末晴，白忙就算了，還是你要試試跟平常不一樣的行動？說不定會得到意料外的反應，進而讓真理愛露出馬腳。」

「你還要堅持小桃在撒謊的說法啊……」

「畢竟我對真理愛又沒多信任。應該說，我幾乎不信任自己以外的人。」

「要說的話，確實很像你的作風啦……」

無形間可以感受到哲彥的本質就是不相信他人。老實說，有這種傾向的人不少。

所以我倒不會去指責哲彥……但他講這種話都沒有在顧忌耶。我是不介意，所以就算了。

「所以嘍，末晴，我們平常都是在社辦集合，不過你就去真理愛的教室接她看看吧。」

——於是——

我在放學同時到了真理愛的教室接她。哲彥的點子實踐起來也不會吃虧，因此我立刻決定嘗試了。

真理愛常常來我的教室，由我去她的教室倒是第一次。

大概是因為這樣，明明是去學弟妹的教室，我卻莫名緊張。

「嗯～～……」

我偷偷從後方的門口探頭，看了一圈教室內。

啊，她在她在。真理愛在最後面的座位，正在跟貌似同班同學的女生一邊談笑一邊將東西收進書包。

談笑的對象若是玲菜也就罷了，有個不認識的女生在就很難搭話耶……

我這麼心想，就在此時。

「啊～～是末晴學長！」

「唔哇，真的耶！」

教室裡的女同學注意到我，發出了聲音。這使我一舉受到注目。

「啊，沒什麼，妳們不用這樣起鬨……」

話說低年級的學妹就是有種不可思議的活力。

感興趣和期待的目光強烈得扎人。

「欸欸欸，學長，聽說哲彥學長是你的真命天子，這是真的嗎？」

我沒好氣地看了問問題的女同學一眼。

「妳滿敢問的耶……」

「咦～～誰教這件事令人好奇嘛～～」

即使其他人並沒有像她這麼積極，似乎也還是有興趣，我可以感覺到周圍的學弟妹都豎著耳朵在聽。

正當我覺得困擾時——

「哎呀，假如你們『不懂得體諒』大大，感覺就不妙了喔。」

原本待在教室前面的玲菜過來當中間人了。

謝天謝地——我才剛這麼想沒多久。

不知道為什麼，包圍我的那幾個女生隨之鼓譟，氣氛僵掉了。

「淺黃同學……就算妳是群青同盟的準班底，也不用挑這種時候過來炫耀……」

「啊～～不是～～我沒有那種意思……」

「明明妳平時總說自己忙，還推掉每個人的邀約……」

嗯……嗯～～？

原來玲菜在班級裡的定位是這樣啊。

對喔，雖然我不清楚玲菜的「萬事包辦」詳細內容是什麼，考量到她總是在打工的話，自然就不得不減少跟班上同學往來吧。如此一來，或許在班上難免有受到孤立的傾向……

完全出乎意料。因為玲菜平常吐槽我都沒在怕的，我就認定她在班上也是無所畏懼又呼風喚雨。

身為學長固然希望幫個忙，然而這些女生要是被突然來到教室的高年級男生說教，可以想見只會讓情況惡化。有沒有什麼好辦法替玲菜解圍呢……

「哎呀，末晴哥哥。好難得喔，你是來接人家的嗎？」

騷動將至，敏銳的真理愛不可能渾然不覺。

真理愛用出外闖蕩的笑容當武裝，過來我們這邊搭話：

「玲菜同學，謝謝妳開口替人家辯駁。」

「呃，我說的那些算不上辯駁啦。」

「沒那回事。妳不是幫忙規勸了那些無法體諒的人嗎？」

在教室的真理愛似乎比在群青同盟時「更會裝」。

然而，現在她繃緊了臉上故作高雅的笑容。看來那幾個女同學對玲菜講話不客氣，讓真理愛無法壓抑怒火。

「怎麼會，桃坂同學，我才沒有那個意思——」

女同學承受來自真理愛的壓力，態度因而退縮。

不愧是真理愛，看來她早就支配全班了。

真理愛嘻嘻一笑，撲向我的手臂。

「末晴哥哥真正的對象當然是人家嘍。這點小事妳們要懂嘛。」

「「「咦……咦咦～～！」」」

教室裡被喧鬧聲籠罩了。

「表、表示哲彥學長果然只是障眼法，桃坂同學才是真正的對象嘍？」

「啊，我懂了。因為她是女演員，末晴學長才必須在人前偽裝……」

「感覺有可能耶……」

「不過不過，有在場看到的人說他跟哲彥學長那一吻是真情流露……」

誰啊？哪個學弟妹說我跟哲彥接吻是真情流露？我看需要把人找來說教一下，之後再跟真理愛確認好了。

「欸欸欸，學長，真相到底是怎樣呢？」

剛才被真理愛施壓而退縮的女生興致勃勃地湊了過來。

於是，我這才察覺到。

（……奇怪？氣氛在不知不覺中改善了？）

對喔，真理愛確實表明了「她站在玲菜這邊，而且對講話冒犯玲菜的人感到生氣」，同時也拋出一個大話題來消弭眾人的心結。

當我對真理愛的用心感到佩服時，她就把身體貼向我的手臂。

「呵呵呵，那是祕密。因為人家跟末晴哥哥的關係有點不方便向人透露。」

「「「不、不方便向人透露～～？」」」

「沒錯。詳細情形……人家要保密☆」

「「「有、有祕密的關係～～！」」」

啊，真理愛自己也滿樂在其中的。

採取跟平時不一樣的行動，或許可以見識到真理愛令人意外的一面——我聽從哲彥這樣的建議過來接她，確實就目睹了自己原先不知情的部分。

真理愛有融入班級，並且享受著校園的生活。若沒有像這樣來到她的教室，我就不會得知這一點。

玲菜也因真理愛的手腕而得到幫助，跟著笑了。

我這個當大哥的能促成真理愛轉學過來念書，覺得相當欣慰。

*

「王子大人……你為什麼不肯看我呢……？明明，我是如此深愛著你……」

真理愛在大學的會議室演戲。

這是人魚公主獨白的場景。正因如此，真理愛身為演員的實力……應能毫無遺憾地發揮出來才對……

「小桃，這段臺詞要柔弱點……嗯～～好像不太對。說成更專情一點會比較好吧？我想想該怎麼表達，剛才看起來似乎摻雜了王子不肯愛妳的『憤怒』。」

我如此點出問題。

演出方面實質上是由我跟真理愛在指揮，因此像這樣指正並不算稀奇，我們都會靠互相指正來提升演技的水準。

「……原來如此。人家明白了。」

真理愛似乎願意接受。

於是這幕戲立刻重演——真理愛卻難得有狀況。修正演技的過程不甚順利，重演好幾次都還是達不到我的期待。

幸好我跟真理愛會一起回家，因此我們決定在回家路上繼續討論人魚公主的腳本，確實定下這齣話劇的方針。

「首先是關於這次人魚公主的表演方針，之前提過要鮮明地描繪出『人魚公主專情愛著王子而得不到回報的心境』，讓觀眾被打動——是這樣對吧？」

「是的，這樣沒有問題。」

在電車上，我們壓低音量對話。

「再談到我演的王子，妳會覺得他到底沒發現『人魚公主＝救自己的少女』嗎？」

人魚公主受到王子吸引，在他捲入暴風雨時挺身相救。但因為身為人魚沒辦法報上身分，只好找人幫忙救助。王子卻誤認自己是被趕來的修女所救，因而愛上對方。這種「錯失彼此」與「無法傳達真相」的部分，應該可以稱作「悲戀的根本」。

「完全沒有察覺到，不就是普遍對這齣戲的解讀嗎？」

「嗯～～茶船用的這部人魚公主劇本，我讀著讀著就開始覺得王子會不會隱約察覺到了。」

「怎麼說？」

「我讀了人魚公主的原作，裡面有寫到人魚公主與修女（鄰國公主）的容貌相像。所以我想王子難免會誤以為自己是被修女所救，直接愛上對方也是難免吧。」

「嗯，是這樣沒錯。」

「但是茶船所用的版本把她們設定成絲毫也不像，以便分別讓妳和小雛飾演兩角。既然這樣，正常來想王子是不會把暴風雨時救了自己的女性跟修女認成同一人的。」

沒錯，這段情節在我的觀念裡說不通。

王子懵懵懂懂地抱著「獲救才愛上了對方」的心態。若要說他這條命是被救回來的，那是指「從暴風雨中獲救」還是「病情得到照料而獲救」？我認為解讀成「從暴風雨中獲救」才自然。

如此一來，為什麼他愛上了修女……這樣的疑問便隨之出現。

「末晴哥哥的看法是怎樣呢？」

「因為暴風雨時差點喪命，解釋成記憶混亂最能夠理解。」

「原來如此，由於記憶模糊導致誤認救命恩人而喜歡上修女，但是記憶模糊是籠統的。因此末晴哥哥才懷疑王子隱約有察覺人魚公主的身分吧。」

「姑且也有證據或佐證材料啦，王子不是救了變成人類的人魚公主？」

「是啊。」
「雖然有長得像妹妹這個理由，終究是非親非故啊。就算人魚公主發不出聲音，王子將她留在宮殿照顧，還帶她到處遊賞，未免呵護過頭了吧？」
「對，確實有這種感覺。」
尖銳的聲響傳出，電車產生搖晃。這是緊急剎車所致。
後面的人倒向我們這邊，我用手撐住車門，差點撲到真理愛身上。
「末晴哥哥……這種事應該要在人家的房間……♡」
「妳突然胡扯什麼啊！嚇了我一跳耶！」
原本應該在談嚴肅的話題，氣氛卻頓時變得讓人臉紅心跳。真理愛，妳這女生太恐怖了……
「嘖。」
我被旁邊的上班族以及學生咂嘴了。
不過所幸只是被人咂嘴。假如我們的身分穿幫，最慘就是被拍成影片上傳網路。這同樣有可能讓事情鬧大。有膽識把這當成刺激來享受的真理愛實在不可小覷。
「我說啊，小桃，回到我們的正題。」
「好～～」
我對心情大好的真理愛嘆氣，一面收斂表情。

「我呢，是希望假設王子已經開始察覺人魚公主才是救命恩人，內心也受到她的吸引。」

「既然如此，王子在得知修女是訂婚對象時的感情就會稍有差異耶。」

「妳說得沒錯。貴為王子，要跟鄰國公主成婚才是正確的。因此他固然覺得不對勁，卻『硬要自己相信對方就是意中人』——從我的觀點，覺得好像可以這麼解讀。」

「這樣的話，以往感覺都不被放在眼裡的人魚公主，其實相當有機會不是嗎……？故事情境轉變成這樣，給人的印象就不一樣了呢。」

「是啊是啊。還有，我覺得王子真的很笨。呃，因為挑著國家的重擔，他對於婚事所做的決斷是有道理，但只要他察覺，人魚公主在戲裡就可以得到回報了吧？這種解讀比以前更接近快樂結局，就會讓我有股『趕快察覺啦！』的情緒。」

「呃，可是末晴哥哥，人魚公主的故事關鍵不就在於有個哀傷結局嗎……」

「話是這麼說沒錯！不過，我比較喜歡快樂結局！」

「好啦，即使演不了快樂結局，末晴哥哥的解讀方式仍然有意思。希望明天馬上就可以見識在這種前提下的演技。」

「了解。」

好，故事裡原本讓我感到模糊的部分變得明確多了。

接著換討論真理愛演的人魚公主。

「小桃，以我剛才對王子的解讀為前提，妳覺得人魚公主要怎麼演比較好？」

「……這個嘛，假如人魚公主發現『王子幾乎要察覺真相』這一點，應該不會演變成那樣的結局。」

「雖然是反推出來的結果，不過沒錯。」

如果人魚公主知道自己有機會，就不會選擇自我了斷吧。她可以加把勁追求王子，或者摸索告知真相的手段之類，採取其他行動才比較自然。

「這樣的話，人魚公主對王子的心思並沒有看得多透徹耶……要說她盲目……還是傻氣才對呢……恰當的形容詞有點難找。」

「我覺得啦，人魚公主屬於『利他型性格』。」

「利他……這樣啊，你是指會把自己的事擱到後面，為別人奉獻就能獲得喜悅的性格……」

「對。人魚公主當然希望自己能獲得回報而感到煎熬，也為此掙扎過。但她基本上是以對王子的感情為重，而且視王子的幸福優先於自己，我認為這要歸為利他型性格。所以她沒有用短劍刺殺與公主結為連理的王子，就跳海化為泡沫了吧？」

「是啊。」

「我用這種方式解讀，但這樣的話，小桃妳目前的演技就會顯得有點『強勢』了。」

話題總算帶回這件事上了。

剛才真理愛碰到瓶頸，重演好幾次都無法演好的場景。我一直在煩惱要怎麼表達她演技不佳的地方，現在總算導出了「強勢」這一項結論。

真理愛有其剛毅之處。她遭遇敵人來犯不會坐以待斃，還會還以顏色，又具備敢玩弄對手的韌性。她這一型的人會採取「利己」的行動，而非人魚公主那種「利他」的行動。

以為人而言，這並不是壞事。「利他」性格也有依存他人的短處存在。

不過現在戲裡要的是「利他」性格的人魚公主，真理愛必須靠演技掩飾本性。

目前，真理愛辦不到這一點。

我不懂原本靈活的真理愛為什麼會變得辦不到。但是，恐怕就連外行人都看得出這個癥結，非得在正式演出前改善才行。

「……我明白。末晴哥哥表達的意思，我已經理解了。」

「這樣啊，妳體會到了嗎？」

「明天起我會進一步抹去『利己』性格的自我，設法表演出『利他』性格。」

「那太好了。方針就此說定嘍。能演好的話一定能讓觀眾落淚才對。這樣就算小雛把『純真無邪的公主』演得再可愛，我認為群青同盟還是會贏。」

「也是。我了解了。」

然而差不多從這一天開始——真理愛的狀況就逐漸走下坡了。

*

正式表演就在明天。

今天，我們要去大學彩排。布景、配樂、燈光都會比照正式演出的內容演練一遍。彩排完無論是哭是笑，都只能上台一拚了。從上次對戲就未曾露面的小雛預定也會參加，明明還沒過去大學那邊，卻連我都緊張起來了。

現在我們在穗積野高中的體育館。

到大學集合的時間是晚上七點。平時都定在五點左右，不過今天要設置大型道具與確認音響設備，集合時間變得比較晚。因此我們打算在出發之前先借體育館的舞台進行演練。

「王子大人……你為什麼不肯看我呢……？明明，我是如此深愛著你……」

舞台上，真理愛正在獨自演戲。這場一練再練的戲，是人魚公主的獨白場景。

既然真理愛在表演，注目度當然高。利用體育館的社團——排球、籃球、羽球、桌球——各社團成員活動歸活動，目光還是被她吸引過去，不時就要惹社團的顧問老師發飆罵人。

「哲彥，小桃的演技，你看了覺得如何？」

在舞台旁看著的我試著問哲彥。

「唔～～菜鳥演員或許是這個水準，但考慮到真理愛的實力就不像話了。怎麼說呢，感覺徒具表象無法打動人。」

「就是啊……」

「真理愛在表演就讓體育館裡的人樂翻了，可是他們都沒有看內容。」

從我提到需要「利他」性格的演技後過了幾天，真理愛一直把這當成課題挑戰，看起來卻反而惡化了。

我曉得，真理愛本人正感到痛苦。

也許是因為演得不如己意，或者目睹連這種演技都能取悅同學們所致。

無論理由為何，隨著正式表演的日子逼近，真理愛的焦慮就越發顯著，因而形成了影響其演技的惡性循環。

「哎呀呀，真理愛前輩身陷於滿嚴重的苦戰呢。」

有個忽然站到我身旁的少女嘀咕了。

嬌小程度等同於黑羽，帽緣深深蓋到眼前，因此認不出臉孔。

虧這個女生可以穿便服闖進學校……當我如此心想時，哲彥眨了眨眼睛。

「妳是……小雛嗎？」

「！」

我不禁睜大了眼睛。

廣受外界歡迎的頂尖偶像居然會出現在學校體育館，太離譜了。離譜到我認出對方無疑就是小雛，卻還無法置信。

小雛露出純真無邪的笑容，身體還靠向我。

「因為我的工作有提早一點點結束，就過來找你了——前～～輩！」

叫我前輩時，偶爾會將「前」稍微拉長的講話方式依舊很可愛。

話雖如此，現在我可不能發愣。

萬一有同學認出小雛，事情應該會一發不可收拾，現在留在學校的人或許都將聚集到這裡。

我料想到這種可能性，臉就綠了。

「怎麼了嗎，前～～輩？」

小雛態度悠哉，笑容親切得令人懷疑她真的是頂尖偶像。

「喂，末晴，我去把布幕拉上，你設法讓小雛安靜。」

哲彥說著就離開了。

「咦，你們要拉上布幕嗎？我也想上舞台表演耶。」

「不不不，小雛，妳知道自己多有名嗎！」

「當然知道，我是頂尖偶像啊。」

小雛雙手扠腰，挺起以身高來看頗為豐滿的胸脯。光是身材的輪廓就不像日本人，幾乎讓我不自覺地看得入迷。

「等等。」

我連忙發揮理性，用手捂住了小雛的嘴。

「總之妳安靜別講話。萬一聲音被人聽見，事情就大了。」

「呵呵呵，呵呵呵呵……」

奇怪？小雛好像莫名地開心……

硬是用手堵住女生的嘴巴，老實說就算引起掙扎的反應也不奇怪。我已經做好覺悟，假如她排斥還是要直接把人拖到安全地帶開溜，然而她笑得一臉開心，完全出乎預料。

「總局得樂樣吼像在玩鄒迷藏喔。」

「我聽不懂妳在講什麼啦！」

我用空著的另一隻手抱頭苦惱。

但是在下個瞬間——我不小心察覺了某件事。

奇怪，我的手是不是正在摸頂尖偶像的嘴脣……？要說的話，這算是天大的狀況吧……？

這種悖德感是怎麼搞的……？溫暖的氣息吐在手上，弄得我癢癢的，應該說這讓人莫名興奮嗎……？

「小晴……你在做什麼……？」

「小末……為什麼你一副開心的模樣……？」

目前哲彥啟動了機械，正要拉上布幕。這時候待在舞台另一側的黑羽和白草都察覺狀況有異而過來我們這邊，狀況便是如此——

「——非常抱歉。」

我立刻下跪。

「我並沒有非分之想……」

「這種臺詞，就是有非分之想才會說出口吧？」

「我贊同志田同學的意見。小末，希望你倒是對『非分』談得深入點好嗎？」

「啊哈哈，前輩好有趣～～！下跪速度真快～～！」

不知道為什麼，我下跪的動作戳中了小雛的笑點。

黑羽瞪向小雛。

「呃……我想稱呼妳為小雛學妹，可以嗎？」

「好的，請隨意。妳是前輩的青梅竹馬黑羽學姊對不對？」

「咦，妳認得我？」

「當然了！群青同盟的影片，我全部都有看！」

「啊，對喔，這麼說來妳之前也提過。」

「黑羽學姊，我非常欣賞妳為人溫柔的地方。妳常常會低調地幫助別人，不是嗎？應該說，『為了避免讓獲得幫助的人過意不去，妳會設法讓他們不自覺地就接受幫助』。那份溫柔，我覺得是令人憧憬的！」

「咦，是……是嗎？嗯，謝謝。」

剛開始，黑羽肯定是想向小雛抱怨，不過稍微對話就發現她完全沒惡意了吧。黑羽臉上的凶狠立刻消退了。

「志田同學，妳讓開。」

白草取而代之上前了。接著她蹙起眉頭說：

「我告訴妳，虹內學妹，妳是個既可愛又能歌善舞的頂級偶像，這我十分了解。」

「真的嗎！白草學姊，感謝妳！」

原本白草神情嚴肅，卻似乎被對方的燦爛笑容鎮住了，態度明顯變得退縮。

「唔唔唔，是妳太可愛了……可愛到構成大問題……」

該怎麼說呢，白草講話好像已經邏輯錯亂……總之可以確定的是她變成遜咖了……

白草清了清嗓，重新收斂表情。

「簡單來說，我是希望妳別再黏著小末不放。」

「黏著不放……？」

小雛似乎沒聽懂意思。看來這個女生跟人距離感近是天生的……

話中之意無法傳達給對方使得白草窘迫不已，眼睛咕嚕咕嚕轉，煩惱到最後就嘀咕了……

「唔、唔唔唔……總之我是妳的熱情粉絲，之後請幫我簽名。」

「結論居然是這樣嗎！」

我忍不住吐槽。

小雛和氣地笑了笑。

「白草學姊，我可不可以也向妳要簽名？我讀了妳的芥見獎作品《有你的季節》！我覺得寫得非常有趣！」

「……咦？」

白草愣住了，但她應該是喜出望外吧，嘴邊盈現了笑意。

「啊，是、是嗎？」

「我知道今天能見到學姊，所以有把書帶來喔～～」

看來小雛說的並不是客套話，她從包包裡拿出了書。

白草頓時臉色一亮，卻立刻抱頭懊惱。

「傷腦筋……這個女生好乖……」

「可知同學，妳未免太容易打發……」

黑羽嘆息。

「我只是愛惜自己的書迷而已！」

回嘴歸回嘴，白草到最後顯然還是笑逐顏開，並且用心地在書上簽名。

就在此時，從哲彥那裡聽說狀況的真理愛湊過來了。

「啊，辛苦了，真理愛前輩。」

小雛開朗地出聲問候。

原本對小雛態度就像小姨子一樣的真理愛不悅地說：

「妳為什麼會在這裡？」

「正巧工作提早結束了，所以我打算多跟前輩們一起排練！」

哦，小雛不僅人到現場，原來主要是想參加排練啊。那太好了。

今天是最後一次排練。之前都無法跟小雛排練，就算現在只能練一兩個小時也會大有不同。

真理愛蹙起了眉頭。

「雛菊小姐，妳的經紀人呢？」

「被我甩掉了！」

「那是可以一臉開心地講出來的話嗎！」

我體會到經紀人的心境，不禁一個頭兩個大。

「妳的經紀人現在應該臉都綠了，還到處在找妳吧！」

「不要緊！因為呢，我常常這樣！」

「常常把經紀人甩掉不就糟了嗎！」

猛耶，這個女生身上滿是欠吐槽的點……！

「誰教經紀人都嘮嘮叨叨的。我會先隨地取材分散經紀人的注意力，再趁空檔溜掉。這跟在山裡遇到野豬時是一樣的應付方式！」

小雛似乎對此感到自豪，還擺了個勝利姿勢。可愛到不行。

「妳說應付野豬……」

黑羽傻眼了。

「其實人家是出生在相當鄉下的地方，所以在老家常會看到野豬喔。」

「跟外貌形成的落差真大……」

小雛有著金髮藍眼。聽說她是具芬蘭血統的混血兒，所以有種強烈的北歐形象。擅自想像的話，會覺得她要住在山中木屋或者歐洲古堡般的家才符合形象。

「說到日本以外的地方，我只去過媽媽在芬蘭的老家喔。語言是父母教我的，所以我能說四國語言。」

「唔哇，這個女生規格好高。」

正常來想，黑羽、白草、真理愛三個人的規格也都高得誇張。

但是這個女生不同於常人。感覺她屬於菁英中的菁英……應該說生來就是進演藝界的料……位處世界級水準。

「妳說相當鄉下，是鄉下到什麼地步？」

真理愛應該也對小雛感興趣。

雖然語氣略顯冷漠，她還是緊跟著我們的對話。

「到中小學要花一個小時越過山頭，周圍都沒有其他居民的環境。」

「中小學？」

陌生的字眼使我反問了一句。

「只開設小學的話招生人數太少，因此就跟國中合併了。九個學年總共只有八個學生。」

「那真的是祕境耶……」

「我的父母以前好像是研究員，但是在我出生時就已經厭倦都市而搬到鄉下住了。家裡從我出生之後幾乎都是自給自足，頂多只有哥哥姊姊能當我的玩伴。」

啊～～小雛身為頂尖偶像，卻是個喜歡跟別人有肢體接觸又天生愛撒嬌的妖精，原因肯定就出在這裡……

「因此被製作人發掘之前，我根本就是個野生兒童。」

發掘，是嗎？

跟這個女生交談過就曉得，她不僅可愛得驚人，還具備天真爛漫的魅力，若將語學能力等等考量進去，腦袋必然也好。要是讓她走在東京的街上，來搭話的人應該會多得不得了吧。

但她實際身處的環境卻是堪稱祕境的鄉下。瞬老闆怎麼把人發掘出來的……這就是問題了。

說不定我對瞬老闆抱有「只是個討厭鬼」的刻板印象。

沒實力的人想必無法發現小雛，更不可能擔任製作人與小雛搭檔，還將她捧成頂尖偶像。

或許，我有必要撇開好惡來審視瞬老闆。

真理愛望向時鐘。

「還有時間呢。既然雛菊小姐難得來到這裡，我們要不要改去社辦排練？」

「我贊成！」

小雛立刻舉起手。她的反應依舊很大。

於是，我們決定到不容易被他人看見的社辦。

＊

我們把原本擺在中央的桌子往牆邊靠，社辦小歸小，還是盡可能騰出了空間。

哲彥做出指示。

「玲菜，妳先去安排計程車，我們帶著小雛沒辦法搭電車移動。計程車要叫兩輛，至於時間……一小時後到這裡就行了吧。」

「了解。」

玲菜簡單敬禮以後就離開了社辦。

「志田，麻煩妳幫忙唸女配角的臺詞，可知唸舞台指示，男配角由我來。」

「嗯。」

「知道了。」

我們獲得小雛這個絕佳的對戲人手，便開始在彩排之前排練。

「王子，我很幸福。望著你在修道院睡覺時的臉龐，使我第一次感受到小鹿亂撞。」

小雛的演技水準——確實有所提升。之前指導的「命運感」表現出來了。

她的稚氣渲染了角色感情之專一，長長的睫毛則襯托出與人戀愛之惆悵。小雛光是以嬌弱姿態示人，男觀眾就會萌生想當王子幫助她的念頭吧。

「──我一直想望著你。王子，在我心裡的唯有你一人。」

稍微指導一下就這樣了……後生可畏……

明明知道在演戲卻還是會心動。

單靠天分當然不可能進步這麼多。這是她確實苦思過指導內容，再以自己的理解消化吸收，進而練出好演技的證據。

但我也不能輸。

既然真理愛發揮不了平時的本領，就由我來挽救。

我懷著這樣的想法演了王子。

──啪啪啪啪啪！

社辦籠罩著掌聲。整齣戲練完一遍，大家就同時鼓掌。

「前輩，太精彩了！」

小雛趕到我身邊。

「前輩的表演竟然比上一次更加精湛……老實說，那樣的王子風範超乎想像，讓我內心受了好幾次動搖！」

是是是，我的理性也跟妳的胸部一樣，正在隨之搖晃——我腦海裡浮現了這樣一句話，但我決定發揮自制心不說出口。

「欸，小雛，妳這樣靠得有點近……」

「咦～～有什麼關係呢？」

「不不不，這樣不好啦！妳跟任何人相處都這樣嗎？」

「沒這種事啊。」

「那為什麼要對我這樣？」

「誰擁有我所欠缺的長處，我就會非常欣賞！我既能向他們討教，又能獲得刺激，這樣不是很開心嗎！前輩演技好，卻沒有沾染演藝圈的習氣，在學校還跟傑出的夥伴們從事有趣的活動……在我的記憶裡，從來沒有人像前輩一樣擁有這麼多我欠缺的東西！更何況，前輩還跟我哥哥有相似的地方！可謂我心目中的最愛！」

小雛說著就貼過來摟住我的手臂。

「……這個女生是怎樣？」

黑羽露出地獄守門人一般的眼神瞪了過來。好恐怖～～

「唔唔唔……」

白草似乎在糾結著什麼。總之我會怕，就不去捅馬蜂窩了。

小雛的這種舉動，在旁人看來或許會覺得有戀愛情愫，但是被摟住的我可以理解，這不過是拉拉扯扯鬧著玩罷了。

畢竟這樣手臂有點痛，說來跟動物與人嬉鬧是相同的。對方並沒有替我設想，只是把肢體接觸當樂子。

這跟真理愛撲到我懷裡明顯有差別。真理愛就懂得拿捏力道讓彼此都自在，有時候還會調節衝向我胸膛的方式。

話雖如此，被頂尖偶像摟住當然高興就是了！

「小雛學妹，能不能請妳放手呢……？」

黑羽用彷彿能撼動地面的聲音低語。

「啊，對不起。對哥哥以外的男性這麼做的話，會讓人覺得色色的，所以並不適當吧？」

小雛迅速跟我分開了。感覺不到她在害羞的氣息。

能分開固然好……不過剛才的臺詞……

我被勾起了興趣，就試著小聲問她：

「呃，要問這件事是有點難以啟齒……」

「是，有什麼問題嗎？請前輩儘管說。」

「那、那我問嘍，妳對於『色色』這個詞的意思，該不會一知半解吧？」

「嗯～～就是指親親之類的對不對？」

「這個女生真的不懂！」

我感到頭大了。

住在無人的深山，身邊只有哥哥姊姊，學校裡又人數稀少。然後，她到都市是因為被星探發掘出來當偶像。

換句話說，小雛沒有受過那方面的教育，也沒空看電視或雜誌，更欠缺朋友陪她聊雜七雜八的話題……所以才會這樣嘍？

黑羽和白草原本好像在討論什麼，結論似乎出來了，她們就對小雛搭話。

「小雛學妹，我們有專屬於女生的私密話題想找妳談一下。」

「黑羽學姊？好的，要談什麼呢？」

小雛天真地走向黑羽。

於是黑羽和白草就從兩旁包夾制住了她的行動。

「咦……？請、請問這是什麼意思……？」

「妳跟我們來一下——」

她們倆從左右架起小雛，離開到走廊上。

隨後過了幾分鐘——

「前輩……是我失禮了……」

滿臉通紅的小雛出現了。

「以後我……對於跟男人接觸……呃……」

小雛說到這裡就語塞了。

原本混血兒皮膚就白，紅潤色澤會特別顯眼。

羞澀造成共鳴，連我都跟著不好意思了。

「啊，不會，我才應該說……那個，謝謝招待。」

「小晴，謝謝招待是什麼意思？」

「小末，你不會對這麼純潔的女生起色色的念頭吧？」

「肚子好痛……我要去一下廁所……」

當我找藉口想逃到走廊時，就被黑羽和白草從左右包抄。

這跟小雛剛才遭遇的陣勢一模一樣。

「啊，各位，計程車來了喲～～！麻煩準備好的人先上車！」

天助我也！

「哎呀，我得去換衣服！社辦留給妳們當女更衣室沒關係！」

說完我就擺脫掉黑羽和白草，並且急忙收拾行李，衝出社辦。

「啊，小晴，你別逃！」

「等我，小末！」

誰聽了那些話還會乖乖等啊！

腳底抹油的我衝過走廊，回到了體育館。今天舞台是演藝研究社登記要使用的，剛才哲彥也拉起了布幕，所以我直接在這裡換衣服也不會有問題吧。

我脫下運動用的體育服，哲彥就過來了。

「末晴，能不能跟你談談？」

「談什麼？」

「跟小雛比較過以後，我確定了。從比賽的觀點來想，讓真理愛掛病號放棄演出會比較像樣。與其讓她帶著那種演技上台，由你跟小雛單挑還比較有勝算。」

不愧是哲彥，講話不留情面。

但他有替人著想吧。至少這些話可沒有當著真理愛面前說出來。

戲練完一遍以後，之所以沒有人言及真理愛的演技，大概就是因為每個人的感想都差不多。況且聰明如真理愛，自然不可能對此毫無體會，便陷入了茫然，一直沒辦法走進我們所談的話題當中。

「……這些話，你別對小桃說喔。」

「還用你說。末晴，你不知道原因嗎？」

「照理說，靠小桃平時的本事是能輕鬆改正過來才對……」

「繪里小姐那邊有沒有什麼情報？」

「一點都沒有。除了演技的部分，我也感覺不到異狀。當然，上下學的時候也都沒有遇見小桃的父母。」

「欸，這樣真的不妙，不搶救的話鐵定會輸。」

哲彥嘆了氣。

「反正輸掉也只是讓出影片的發表權嘛……」

我不由得說溜嘴。

下個瞬間，腹部就竄上了痛覺。因為哲彥賞了我一拳。

「喂，末晴，這種話一講出口就必輸無疑了，你懂不懂？」

「……抱歉。」

我感到慚愧。

正如哲彥所言。他說「不搶救的話」就是有意改善並取勝，我的臺詞卻完全成了輸掉時的藉口。內心開始準備認輸就不可能贏。

「不對，先等等……那才是對方的企圖……？」

「喂，你突然說什麼啊，哲彥？」

「之前就提過，這次比賽的條件定得太鬆。我當然不想輸，但是萬一輸掉也痛不到我們。」

「所以呢？」

「可是，寬鬆的條件裡藏了玄機，單從真理愛的立場來想，這次比賽輸掉說不定足以對她造成精神創傷吧……？」

「麻煩你仔細說明。」

哲彥開始逐一解謎似的向我道來。

「真理愛屬於苦幹實幹向上爬的類型對吧？至今以來，她都是靠實力一一累積成果而得到認同。因此真理愛的職業意識高，即使像現在這樣離開經紀公司跟我們一起活動，她依然有信心能在將來輕鬆復出。」

「是這樣沒錯。」

至少真理愛並非知名藝人的第二代，更沒有依靠大牌經紀公司的強力後援就打拚到這一步。

「既然如此，演戲輸給『偶像』會傷到她的自尊吧。」

「呃，可是小雛有她當偶像的知名度，我們從一開始就有可能輸掉啊。」

「輸在知名度的話，我想真理愛也不會傷到自尊。畢竟我認為她在這方面是懂得分析並接納的類型。但是末晴，你看看現在的局面。答應比賽時根本想都沒有想過，然而她現在──『是輸在實力』。」

「唔……的確。」

局面跟我們答應比賽時大有不同了。

「還有，狀況會這樣急轉直下，我認為真理愛的父母可能確實已經來找過她了，只是真理愛瞞著我們。」

「這……」

十分有可能吧。老實說，我看不出還有什麼原因能讓真理愛的狀況如此惡化。

「我們的前提錯了。如果是『正常的真理愛』，萬一輸掉了也不要緊。可是呢，換成『被下三濫父母扯後腿，身心都已經殘破不堪的真理愛』，輸掉時的意義就會有所不同。輸給演戲理應是外行的偶像，一路打拚來的成績又被糟蹋，她應該就不得不自覺父母這關是自己未能克服的了。『換成我就會想不開尋短』。」

「可惡，原來是這麼回事……」

比賽內容對瞬老闆來說根本無所謂，他只是想用比賽的形式讓人意識到輸贏。無論賭局定得多鬆，輸掉的話真理愛都會認為「是父母導致自己落敗」。先放寬賭注讓人鬆懈，等時間經過才會知道傷害有多深刻，宛如特洛伊木馬的策略。

（這下──事情難辦了。）

光是稍微想像真理愛的心境，要捉摸她的心緒會亂成怎樣簡直綽綽有餘。

自己的人生又被自己厭惡得要命的人攪亂了。明明以為已經不要緊，卻沒有成功克服。輸掉了。沒有戰勝心魔。

倘若像這樣思考，等於將原本就已經造成內心陰影的傷口再進一步挖開。屆時真理愛會有的挫折感恐怕很驚人，或許將造成讓她逃避表演的心理。

那種心境，我能夠體會。

畢竟在舞台留下的痛──母親喪生於鏡頭之前──就使我遠離表演長達六年。

「……哲彥，有沒有什麼好法子？」

「我開始在想，聲稱真理愛生病將她換下台也是個辦法。」

「這樣的話，就不至於留下演技輸給小雛的事實嘛。」

「感覺這樣也會讓她自責察覺敗象而逃避就是了。」

「我想照小桃的個性是會自責……這就叫進退維谷嗎？」

「要不要讓她掛病號，由同台演出的你來決定。」

「……好吧。」

「不過，最優先的是從真理愛口中問出她父母有沒有來找她。坦白講，我已經完全認定當中有鬼了。不先問出這一點的話，我們就進退不得。」

「……我了解。交給我吧。」

我換上制服，把體育服塞進包包。

「嗯……？」

「怎麼了嗎，末晴？」

「沒有……」

一瞬間，我好像聽見門口那裡有聲響。

我姑且到門口看了一看，卻沒有任何人在。

＊

進入彩排階段，緊張感就與之前屬於不同次元了。因為這非得意識到正式表演。

假如在最後一次練習的彩排中演得不好，到了壓力強大的正式演出時更容易搞砸。當然也是有改善過來的情況，但至少對表演者來說，「內心湧上負面預感是在所難免」。

因此連過去體驗過好幾次舞台演出的我，面對彩排也會因為卯足鬥志和緊張而感到自己在發抖。

純屬觀眾的群青同盟成員——哲彥、黑羽、白草、玲菜也顯得緊張。

哲彥臉色不改，看起來卻還是有些焦慮。黑羽、白草都吞了口水在守候，玲菜則是在真理愛登台的場景都會祈禱似的雙手合十。

接著——彩排宣告結束了。

結尾的曲目播出，演員陣容從舞台左右兩側一起亮相——舞台問候。

諸如配樂與燈光的穿插時機、布幕運作等等，開場與謝幕後的舞台問候當然也需要演練。因此這部分同樣照著正式表演時的程序在跑。

然而——看來有一部分的工作人員實在是緊張到疲乏。

具體來說，就是廣告研究會那些人。

小雛的參演資訊要扣到活動當天才會發表，因此閒雜人等都被擋在門外。不過廣告研究會是參與這場表演的經營班底，就在現場當觀眾。

他們對於話劇是外行。正因為這樣，反應都很直率。

「奇怪，真理愛的表現，是不是不對勁……？」

「單純是雛神太強的關係吧……」

「欸，小丸果然很會演。」

他們本人應該自以為在說悄悄話吧。

但是……

「唔——」

真理愛打了哆嗦。

不行。果然連真理愛都察覺那些竊竊私語的內容了。假如沒有察覺就算了……但她就是亂敏銳才令人同情。

……沒錯，真理愛的演技在彩排也一樣不行。欠佳的表現，或許可稱為這一週內的最低點。

如果能將壓力轉作動力倒還好，可是她的演技……給人被壓力壓垮的印象。

「各位辛苦了～～彩排完畢～～」

志摩小姐的聲音讓觀眾席傳出了掌聲。

緊張隨之舒緩，眾人開始談笑。

「桃坂小姐，表演辛苦了！」

「啊，謝謝，辛苦了。」

我在意真理愛的狀況，就一面應付來搭話的人一面在旁邊觀察。

「請問，妳的身體狀況還好嗎？今天請好好休養。」

「！」

找真理愛攀談的女性會說這些應該是出於關心。

然而她的話已足以解讀為演技不佳。
「是、是的……讓各位操心了——」
當真理愛嘴脣發抖說到這裡，從她的眼睛就流下了一道淚水。
周圍隨之鼓譟。
真理愛也急著想要掩飾，湧上的淚水卻止不住。
「那、那個……我好像……並沒有什麼大礙…………對不起。」
真理愛衝向舞台側邊，並從後頭離去。
「——對不起，我失陪一下！」
我只有這樣交代就立刻追過去。
（不管怎樣，真理愛沒帶錢包和手機就不可能走遠。既然如此，她會先去——後台嗎？）
我猜對了。當我抵達後台時，真理愛正好一手拿著錢包與手機走出來。
「真理——」
「——請別管我！」
我被她用身體撞開了。
出乎意料的舉動，使我不自覺讓出了足以讓她從旁鑽過的空隙。真理愛就這樣直接由劇場的通道跑掉。

「等等！」

我拚命追去。真理愛穿過建築物，衝到了室外。

大學裡綠意盎然，入夜後的燈源就比周遭來得少。

換成平時的真理愛，應該會動腦把我甩開。然而她現在一直線往大學外面去——恐怕是要到能招計程車的地方。

這樣的話，體能高於她的我就有優勢。

雖然說真理愛的運動神經不錯，直線的腳程明顯是我比較快。

所以我成功在正門附近抓到人了。

「小桃！」

我抓住真理愛的手，她就奮力抵抗。

「放開我！哥哥，你放手！」

「傻瓜，誰會放啊！」

「請哥哥別管我！」

「辦不到！」

我牢牢抓住真理愛纖弱的肩膀，她大概是覺得抵抗也沒用，就悄悄地抬起臉。

兩眼都讓淚水濡濕了。

「已經夠了，末晴哥哥……」

「妳在說什麼啊，哪有什麼叫已經夠了？」

「誰教我……只拿得出這種演技，根本就不需要留下來嘛！」

令人痛心。

演技對真理愛而言應該是自信的來源。如今那已經瓦解，原本看起來那般堅強的真理愛——就變得如此脆弱。

「有時候演技也是會無法發揮自如的吧。不就是因為那樣，當演員才辛苦嗎？」

「我曉得！我曉得……可是！」

真理愛視線往上朝我瞪過來。

「末晴哥哥，你打算讓我掛病號退出表演對不對！我都知道了！」

「剛才在聽我跟哲彥對話的人，果然是妳嗎……」

因為我有察覺到動靜，就有想過會不會是小桃……唉，算了。

敷衍想必沒意義，我便據實以告：

「沒錯。我們確實是有那樣的安排。」

「那就表示末晴哥哥隱約也認為我這次會演不好吧！」

「畢竟先做準備會比較好。但是，我只有在妳身體情況轉壞時才打算讓妳退出這次表演。」

「……！」

「聽哲彥那麼說，我也思考了許多。我認為半吊子的決策行不通，所以我提出的結論是：

『除非妳的身體狀況不佳，否則就不會讓妳退出表演。』」

「…………」

「畢竟妳要是中途就主動退出，根本無法繼續當演員。我覺得與其讓妳逃避，演壞這齣戲還比較好。不過老實講，我並沒有擔心。因為妳是一個到了最後關頭就會把事情確實搞定的人。」

「——」

寧靜的夜晚，從沿著人行道延伸開來的群樹只傳來蟲鳴。

真理愛低下頭，一動也不動。被我抓著的肩膀乃至於手臂，都放鬆力氣垂下。

這時候逃避的話，真理愛或許就再也當不了演員。即使留下如此嚴重的精神創傷也不足為奇，肯定會有這種程度的屈辱、懊悔與愧疚感落在她身上。像真理愛這麼聰明、具有責任感、自尊心強，當然就更不用說了。

所以我鼓勵真理愛，還把她自己恐怕也察覺到的現實擺在她眼前。

——這是人生中必須一拚的關鍵點。

因為我期待真理愛會想起這一點，並且力圖振作。

「小桃，我問妳，雖然妳堅持不肯透露……妳的父母有來找妳吧？」

「…………」

「我不明白，為什麼妳不肯說。但是妳不說出來的話，就無法向前進了。所以——我希望妳能跟我坦白。」

真理愛低著頭，彷彿從喉嚨擠出聲音說道：

「末晴……哥哥……！」

「我在。」

「末晴……哥哥……！」

她重複了兩次同樣的話。憤怒與痛苦交雜其間，讓人深刻感受到她的無奈。那實在太令我同情，胸口痛得好似要隨之裂開。

「那、那個，我——」

正當真理愛像這樣啟齒的時候。

——嘟嚕嚕嚕嚕！

真理愛拿在手裡的手機震動了。

下個瞬間——

「噫！」

真理愛心生畏懼，手機脫手掉落。

我感到愕然。

「小桃……」

這不合常理……

光是手機一響就怕成這樣……？「我所認識的真理愛」會這樣……？

她可是什麼事都難不倒，臉上總帶著笑容，即使面對我發脾氣也會將目光轉開裝蒜，再追究就會隨口敷衍——還絲毫不為所動的真理愛啊！

挺過演藝界大風大浪的真理愛居然會如此害怕，若沒有親眼目睹，我應該不會認為這是現實吧。

真理愛默默望著掉下去的手機，沒有動作。或許她是動不了。

所以我把手機撿起來。

「啊……」

我不知道解鎖密碼，但鎖住的螢幕上可以讀到訊息。

而內容正如所料。

來訊者的名稱是「臭老爸」，訊息內容是「麻煩再來點資助」——這樣一句話。

「小桃……資助是什麼意思？」

我一問，真理愛的肩膀就開始顫抖。

她別開目光，眼眶盈上淚水，咬緊牙關以後——露出了空靈的笑容。

「呵呵……穿幫了嗎……沒有，並不是什麼大不了的事情……如同哥哥所想像的，我家那對有問題的父母來找我了，如此而已……」

「什麼時候的事……？」

「『哲彥學長跟大家提醒我的父母也許會來找我的前一天』。」

「原來是這樣嗎……！」

可惡，完全是我們有盲點。

之前我的往事被週刊爆料時，哲彥的情報來得比瞬老闆行動更早。

由於有那次事蹟，「我就深信哲彥給的提醒都會來得及」。哲彥大概也是這樣認定的，所以儘管存有疑心，我還是悠哉地守候著。

即使我上下學都一直陪在真理愛身邊，應該也沒有意義。既然對方早就取得聯絡的方式，無論要施壓或撥款都不用見面就能輕易達成。

不過，倘若如此，在這個時候——

『那麼就假設他們已經有行動好了。可是末晴哥哥，人家已經十六歲了喔，並不是只會發抖的小孩了，是連結婚都不成問題的年紀。應付給他人造成困擾的父母，也是身為兒女的職責。末晴哥哥認為我是會輸給父母的那種人嗎？』

還有那個時候——

『真是的，末晴哥哥，那麼說會不會有失禮貌？人家也有哥哥不曉得的一面喔。』

連那個時候也一樣——

『這個呢，叫作愛斯基摩式吻。在阿拉斯加，據說於戶外親吻，嘴脣會被唾液凍住，所以會用這種吻來表示愛意或親密之情。很羅曼蒂克對不對？』

真理愛是打從心裡對父母造成的陰影感到畏懼，一面說那些話的。

「末晴哥哥，這並沒有什麼大不了啊……」

事到如今，真理愛還講這種話。

「我家父母只是在要求資助罷了……而且，一開始我有拒絕，他們卻糾纏不休過了頭……但是請哥哥放心……我不過是在跟他們拖時間，到這次表演結束就好……」

「他們不可能那樣就罷休吧……」

一旦給了錢，對方就會食髓知味而一再過來索討。

（真理愛比我精明，當然知道其中的道理才是——）

懂歸懂，肯定是因為內心對父母懷有精神創傷，又逐漸對自己戲演不好的兩難處境感到疲憊——讓她走投無路到了就算能暫時攆走麻煩也好的地步。

「那並不是一天就能花完的金額耶……所以……不知道他們是喝酒、買衣服，還是去賭博花掉的……我真的，無法理解那兩個人……」

「小桃。」

不可原諒。假如真理愛的父母就在眼前，我會想立刻動手開扁。

我抓住了真理愛的兩隻手臂，牢牢握緊。這是為了不讓真理愛跑去任何地方。

「對不起，我都沒發現……！」

「末晴哥哥，你怎麼這麼說……為什麼要道歉呢……？你根本一件壞事都沒做……是我擅自瞞著大家而已啊……」

「可是，妳沒有告訴我或繪里小姐，就是在替我們著想吧……？」

「…………」

「照妳的個性，並不會希望那對荒唐的父母跟繪里小姐見面，讓她痛苦吧……？還有，妳是想靠一己之力戰勝那對父母吧……？來到這一步，我再笨也會懂啊……！」

真理愛的眼睛逐漸睜大。

「末晴，哥哥……」

從眼角滴了一道淚水下來。

真理愛將嘴巴抿成一字，撲進我的懷裡。

「我不想輸……我不想，就這樣輸掉，末晴哥哥……！」

真理愛緊緊抓住我的襯衫。襯衫變得皺巴巴，彷彿象徵著真理愛的心，使我心痛欲裂。

她把臉埋到我的胸前，壓抑住聲音哭了起來。

「嗚……嗚……」

明明像這種時候大可放聲哭出來，使她壓抑聲音的自尊心之高與思慮——讓我心坎被打動。

我摟住真理愛的肩膀，對她細語：

「——我懂了。剩下的事情全部交給我處理。」

＊

我跟哲彥聯絡，並且要他召集群青同盟的成員。

接著我簡短告訴大家狀況。

『小桃的父母果然有來找她。』

『雙方開始接觸，是在哲彥提醒大家的前一天。』

『她不想給人添麻煩，才會想自力解決。』

『就我看到的，小桃已經瀕臨極限了。拜託大家幫忙。』

話說完，我低頭懇求，所有人就毅然點了頭。

「小黑、小白、玲菜，方便的話，能不能麻煩妳們直接去小桃家陪她直到明天正式表演？還有，小桃的手機交給能在她家過夜的人保管，避免讓她看到。」

「末晴哥哥，不用這麼費事……」

我已經無意讓真理愛多說什麼了。

「夠了，小桃，交給我處理。是妳的話，就該知道當下照自己的想法行動會有多危險吧？」

「……好吧。」

幸好真理愛乖乖退讓了。這是她最有智慧的部分。

假如她現在還賭氣抵抗，在正式表演前大概就不可能恢復了。

退縮也需要勇氣。總是退縮的話便無法跟人競爭，但是該退的時候就要退才行。

假如能客觀地自我審視，在這方面要拿捏並不困難，然而情況吃緊時往往就會察覺不到。

但她還保有足以做出良性判斷的客觀性——那就有洞察力。

我把真理愛的手機交給了黑羽。白草開始聯絡繪里小姐，玲菜跟真理愛聊起能幫助散心的話題。

「哲彥，小雛還在嗎？」

「嗯？我有看到她往後台那裡走。」

「那應該還在。還好，因為我不知道她的電話號碼，錯過就糟糕了。」

我轉身走去，哲彥便跟了上來。

「喂，你打算做什麼？」

「這樣下去就算贏了比賽，小桃也得不到救贖，輸掉更只會讓她受傷害。」

「……比賽？」

不愧是哲彥，直覺靈敏。他似乎察覺我的企圖了。

「莫非你接下來打算找那傢伙談判，要跟他改比賽的條件……？」

我笑著告訴哲彥：

「——對啊，就是你猜的那樣。」

＊

我拜託小雛幫忙引見瞬老闆，輕而易舉就得到了ＯＫ的答覆。

哲彥聽到這件事則表示：「我也要去。」因此就讓他在「別妨礙到我」的條件下隨行。

我們搭上為小雛準備的接送車輛，前往赫迪經紀公司。三個人一起走進之前因為潑紅酒而結下梁子的董事長室。

「歡迎回來，小雛。妳又獨自行動了……經紀人有向我哭訴喔。」

「啊哈哈，因為經紀人太沒有戒心，我忍不住。」

「真是……不過算啦，頂尖巨星都會有一兩項奇特的舉動。我是希望妳能節制，但這也不得已。」

「就是嘛～～不得已啊～～」

小雛笑咪咪地講得若無其事。

瞬老闆依舊流裡流氣，可是他對小雛果然挺溫柔。

是彼此合得來？還是因為小雛身為頂尖偶像才值得他客氣？我分不出是何者。

但他似乎無意也對我們兩個客氣。

瞬老闆的眼睛惡狠狠地看向我和哲彥。

「所以呢，妳說要帶客人過來，居然是這兩個人……能不能請妳說明理由，小雛？」

「那麼前輩，之後就麻煩你了！因為我只能幫忙達成前輩的懇求！」

小雛退到一邊，彷彿要讓路給我。

「小雛真會讓公司困擾。」

「咦～製作人，你還不是做了很多會讓人困擾的事～」

「唉，那倒也是。好吧，既然有妳求情，我會聽聽他們要談什麼。辛苦妳了，小雛。我們有事情要細談，妳可以先離開。」

「知道了！我失陪嘍！」

小雛活力十足地舉起手以後，就笑吟吟地從董事長室離去。

等小雛不在，瞬老闆隨即悄悄瞇細眼睛。那是他身為冷酷生意人的臉孔。

我認為要先拿出禮數，就向對方低下頭。

「感謝你撥出時間跟我們談。」

「……不用說那些了。所以你要談的是？」

「瞬老闆，關於我們目前進行的比賽……我希望能加碼其他條件，由我跟你履行就好。」

「哦，加碼。」

爬蟲類看準獵物的眼神。我的腦海裡浮現了長蛇吐信的模樣。

「感覺你應該心裡有數就是了。我這人不好說話，假如你想開條件，拿出的代價就得有相符的價值。」

「瞬老闆，我不清楚什麼東西對你來說是有價值的，因此請先聽我的條件。然後，希望你能講明什麼樣的籌碼足以當代價。只不過，代價僅限於我能力範圍內辦得到的事情。」

「……好吧。你說來聽聽。」

我先做深呼吸，然後一口氣說出來。

「以往用來讓小桃父母安分的恐嚇證據……你還留在手裡，對吧？」

「嗯？我懂了，你來是為這一回事啊。」

瞬老闆似乎立刻就理解我的用意了。

能阻止真理愛父母的最大利器，就是塵封於赫迪經紀公司的「真理愛父母過去曾出言恐嚇的證據」。

有這東西的話，真理愛也會更強勢。即使真理愛說她想要自己解決問題，我們還是可以無視她的意見，採取行動阻止那對父母。

瞬老闆撫弄了下巴的鬍子。

「小丸，關於你想要的東西，『公司雖然弄不見了，但是努力找的話應該還是有喔』。」

令人鄙夷的說詞。照他的口氣，絕對是保管在隨拿隨有的地方。

「那麼，我要的話還是有的，對吧？」

「嗯，大概。」

「假如你肯保證在我贏的時候把證物讓出來，我就盡可能答應你的條件。」

「哦～～」

瞬老闆把我從頭頂到腳尖都端詳了一遍。

「這個嘛——要是我贏，你得加入這間經紀公司。願意的話就好說。」

「我明白了。」

「欸，末晴！」

哲彥開口攔阻。

「我們不可能贏吧！真理愛都消沉成那樣了！」

「我會負責贏回來，沒關係。」

「你傻了嗎……！冷靜下來！」

「我很冷靜啊。」

「講出那種臺詞還能保持冷靜的人，我從來沒看過啦！……不，等等，你慢著。真理愛明天棄權的話，比賽是由你跟小雛進行。那樣就有得比——」

「——桃坂小妹退出的話，人魚公主會有代演者。」

瞬老闆插話了。

「如此一來，比賽就是由小雛對上小丸與代演者。」

「你夠了，那樣對我們不利到極點吧！」

「桃坂小妹狀況欠佳與我方無關，是你們自己管理不周吧？那我為什麼非得特地配合你們，把規則改成一對一呢？假如有人上場代演，我方比賽的對手變了，我倒是希望聽到有人出來賠不是耶。」

「你……！」

哲彥有意跟他動手，因此我急忙把哲彥按住。

「你也要冷靜啦，哲彥！」

「末晴，你少囉嗦……！」

「我做人可是很有度量的，要找人代演，你們可以隨意挑選。看是要讓志田小妹或白草小妹代打上陣都行。啊，她們倆根本不記得臺詞吧，所以是不是要請主辦的話劇社成員幫忙？當然嘍，就算那樣我還是會要你們遵守比賽的約定。」

「混帳東西……！」

「哲彥！你有答應不會妨礙我吧！每次只要在瞬老闆面前，你的脾氣就會暴躁過頭……！」

「可是……！」

我做了深呼吸——然後點頭。

「——我明白了，比賽條件照這樣沒有問題。」

「喂！」

「你把場面交給我應付就對了！」

「……嘖，隨你便吧！」

哲彥咬牙切齒地咂嘴以後就背對我。

「看來小丸跟那個人渣不同，多少有比較明事理。」

「請你別貶低哲彥好嗎？雖然他脾氣這樣，到底也還是我的兄弟。」

「好吧。」

我們也可以直接回去，但我決定試著問一件事情。

「瞬老闆，請問你為什麼會提出要我加入經紀公司這樣的條件？」

「嗯？」

我從拿紅酒潑了瞬老闆以後就一直視他為敵人。

但我開始有疑慮，如果不對他有更深入的了解，會不會就真的贏不了比賽。

「畢竟我並不是乖乖聽老闆指揮的那塊料啊，之前甚至還拿紅酒潑你。瞬老闆，既然你會爆料我的往事，應該也是看我不爽才那樣做的吧？」

招攬我是因為能替經紀公司賺錢——感覺這是主要的理由，但我認為這個人單純看我不爽的話，講話就會更加羞辱人，比如「給我加入經紀公司效忠」之類。

但他並沒有把話說到那個程度，這讓我感到好奇。

嗯——瞬老闆嘀咕了一聲。他的臉色意外爽朗，感受不到惡意。

「這麼說來，我們之前並沒有好好談過。你就坐沙發吧。」

瞬老闆坐在沙發上。

我受到催促，便在他對面坐了下來。哲彥也默默在我旁邊就座。

「先談大前提，我的目標是要在日本栽培出世界第一的明星。」

「！」

明明外表只像個流裡流氣的牛郎，目標卻正派得讓我驚訝。

「為此我認為必須找出具備頂尖天分的人，並且從小就毫不妥協地加以訓練。好比在體育界，那就是理所當然的做法。有打棒球而身高低於平均的人，就算運動神經再優秀，也無法成為世界第一的全壘打強棒吧。籃球或排球也是一樣。反過來說，就算有個身高超過兩公尺的人，要是他從高中才開始運動，想稱霸世界應該形同不可能吧？」

「確實……是這樣沒錯。」

「唱歌跳舞這類演藝活動也應該提升到這種水準——這是我的想法。身為先驅，我希望栽培出世界第一的大明星，並且在日本打造真正的娛樂業界。」

「…………」

規模宏大的話題。

老實講，我原本以為這個人屬於只顧利益的類型。光聽他講這些就覺得印象完全相反了。

「不過之前交談時，你曾經試著拿金錢來說動我吧？」

「那是當然的啊，對旗下藝人講明與工作成效相符的報酬金額。我倒覺得，要求用金錢以外的方式展現誠意才是錯的吧？難不成你會說出『雖然沒交出成果，但自己努力打拚過就應該領錢』這樣的瘋話嗎？」

「不，那未免太離譜……」

說來冷酷，卻符合道理。

既然這是工作，要以金錢以外的東西當回報是說不通的。

「你氣我對志田小妹說過的那些話，但我現在依然不覺得那是錯的喔。志田小妹有在三年內就賺進一億的可能性。而且只要賺到那筆錢，她便可以任意充實自己往後的人生，又能對父母盡孝心。我認為那會是更加美好的人生，才懷著自信對她列舉了那些好處。」

「可是小黑並沒有從小就接受訓練，所以當不了你視為目標的世界第一大明星啊。」

「功用不同。要栽培出世界第一的大明星，必須有鉅額投資，所以經紀公司不會嫌能賺錢的人多。志田小妹是趁現在就鐵定能獲利的一塊料，所以我想要她。只要她肯，我現在還是可以讓她加入。」

瞬老闆蹺起了亂長的腿。

「另一方面，小雛於名於實都具備向世界爭冠的資質。她是所謂的招牌人物。不過我先聲明，在我的觀念裡，小雛與其他人沒有貴賤之分，當中只有功用差異與賺錢多寡。能幹大事的人會賺得更多，道理就這麼單純。」

目標熱血，過程冷漠。這就是瞬老闆的處事方式嗎……

聽完這些隱約可以理解，為何他跟上進心強的小雛合得來，跟看似冷淡卻講情面的真理愛就合不來……

瞬老闆把手掌朝向我。

「就這點而言──小丸，你身上還有向世界爭冠的可能性。」

「我嗎……？」

「『我是不清楚你在這六年是否繞了段遠路』。演員這一行是特殊的，並非訓練過就會出色。畢竟演技力既會隨著情緒與生活環境提升，也會隨之下降。」

「…………」

「而你的情況是較早踏入演藝界。記得你加入劇團是在五歲左右吧？」

「是啊，沒錯。」

「我發掘小雛是在她十歲的時候。即使你浪費了六年，進修的時間也還是跟小雛差不了多少，雙方底蘊不同。我是這麼看的。」

「原來如此……」

所以他才想要我加入經紀公司？

「資質足以向世界爭冠的，再來就是桃坂小妹了……不過，老實說要是她這樣就被擊潰，根本無法與世界競爭。那我便不需要她。」

「你說什麼……？」

我揚起了眉尾。

「現況不就是如此嗎？這我可是有為她著想過喔。之所以沒在她離開經紀公司後就立刻動手，是因為我在等你們之間培養出關係。」

「培養……？」

意想不到的字眼讓我受到動搖。

「沒錯，你可以試著想想。目前，桃坂小妹應該處在人生中堪稱最充實的時期吧。或許她跟事業稍微有了距離，但她擁有財富與人脈，只要有意，隨時都能夠復出。家裡有寶貴的家人在等她；學校有你們這些夥伴，活躍程度足以席捲全校與社會。要說的話，『再沒有其他機會比現在更適合讓她克服精神創傷』。」

「——！」

儘管我憤怒得發抖，卻錯失了站起來的時機。

「對方自說自話到了嚇人的地步，道理卻姑且說得通」。

這一點格外有說服力，令我驚慌不已。

「小丸，往事被爆料之際，你迎面還擊了，所以你有價值。假如那樣就把你擊潰，我現在就不會想要你這個藝人。」

「拿我的往事出來爆料的人，果然就是你……！」

「——聽好。」

瞬老闆用一句話制止了我。

「所謂的天分，也包含心靈層面。不受妄舉影響的心靈；懂得接納意見的心靈；具備無窮上進心的心靈；跨得過難關的心靈——無論在肉體或感官上有多麼得天獨厚，軟弱而掌握不到機會的選手就無法在職業體壇活躍，其中道理是一樣的。心靈軟弱的人沒辦法迎向世界舞台，我不過是給了她克服軟弱的契機。」

「我和小桃，都沒有說過任何一句要迎向世界舞台的話啊！」

我發火了。

這傢伙講話是有他的道理在，因此我不由得受到吸引而傾聽——但是越聽就越覺得他講那些話的前提是「對自己方便」。

那種方便跟我們全然無關。

「是你自己要找世界第一的大明星，還想確認我們有沒有資質而已吧！」

「說得沒錯……所以又如何？我可沒有犯法。」

「並不是沒犯法就好啊！」

「法律屬於規則，遵守是義務。除此之外的事，則是照人情與常識在運作。人情與常識……實在無聊透頂，這類字眼甚至讓我感到嫌惡。兩者都會妨礙我改變這個世界。」

「話都隨你在說……！」

「我剛才也聲明過，就再說一次吧。這我可是有為她著想喔。」

「夠了！我果然跟你談不來！」

我連繼續跟對方呼吸一樣的空氣都感到排斥。

「我們就在明天的比賽確實做個了斷吧。」

「當然。小丸，即使輸了也不能裝作忘記喔。」

「那是我要說的臺詞。」

我直接旋踵離去。

「喂，人渣老闆。」

從背後傳來哲彥的聲音。

「我會用跟你不同的做法超越你。給我記著這一點。」

「哼，雜碎還敢瞎扯。」

瞬老闆嗤之以鼻。

哲彥氣得太陽穴青筋暴跳——卻設法忍下來了。

「「失陪了！混帳東西！」」

我跟哲彥並肩而行，門一摔就從董事長室離開了。

＊

從赫迪經紀公司回家的路上，我告訴哲彥：

「哲彥，這次的比賽，你別跟小桃說喔。」

「嗯？為什麼？」

「我不想再給她壓力。我只會透露比賽多加了一項『贏的話就能拿到小桃父母失控的證據』

的條件。如此一來，小桃心裡就會認為『演得好＝贏得比賽＝也能贏過父母』，或許狀況就有望改善。」

真理愛會難以振作，我認為目標失焦也是一大要因。

現在真理愛疲於應付父母，演戲又表現得不好而感到苦惱。

依順序來說，先逼退父母再改善演技應該比較好。

不過，現在沒那種時間了，因為明天就要正式表演。

所以得先提振演技才行，然而即使拚死命演出一場好戲也不會解決父母騷擾的問題。因為那是另一回事。

在如此疲憊的狀態要振作兩次——兼顧「改善演技」與「逼退父母」是強人所難。

所以，我藉著加碼條件，讓情況變成「只要提振演技，父母的問題也會跟著解決」。這樣真理愛自然會有「只要明天話劇演得好就能解決一切」的心態。

「啊，你的企圖果然是要將目標合而為一……雖然希望微薄，以企圖而言可以理解。但是——我剛才也講過了，在這種局面賭不得吧。」

被他一點破，我只能噤聲。

「要是被迫找人代演就沒得比了，唯一的勝算就是讓真理愛重振精神。可是，她的狀況始終沒有起色，你卻想在正式表演賭一把拗回來，你知道這是輸家才會有的念頭嗎？賭博一直輸，還想在最後一注爆冷門——你做的事情就跟這一樣。」

「可是，如果我們什麼都沒做就迎接明天，小桃肯定會喪失光彩好一段時間。」

「這不能斷言吧？」

「我能。」

我一口咬定。

「為什麼你能斷言？」

「因為我也有類似的經驗。」

「啊，原來如此……」

哲彥似乎想通了。跟他討論問題依舊省事。

我因為母親的死導致心靈創傷，結果變成無法演戲。

雖然我的背景跟真理愛不同，所以不能單純拿來比較。但是，因為家人的問題導致內心留下陰影，使得原本有自信的演技隨之失色的失落感——我認為自己跟真理愛在這方面是相近的。

「我花了六年時間。有同伴，有願意支持我的人在，還花了六年。假如小桃接下來將喪失六年，損失會比我更大。」

「……畢竟女演員這個行業，大約在三十歲之前是最具丰采的。」

「就是說啊。接下來的六年太過舉足輕重，要是有了一度喪失的事實，就沒辦法再回到跟過去一樣的位置了。背負那種苦難足以迫使一個人重新塑造自我，那未免太煎熬了吧。」

即使考慮到加碼的條件，勝算頂多也只從零增加到百分之一。

這我明白。不過，有無勝算大有差異。

我抱著這樣的想法。

「勝算幾乎沒有增加，我卻肯賭上人生」——正因為如此，或許就會有奇蹟發生。

要讓真理愛振作到足以克服陰影，光靠「合理的」說詞並不可能。所以我背負風險，提出了加碼的條件。

「反正我打算發揮兩人份的活躍來爭取最後勝利——所以，拜託讓我去拚。」

「唉～～」

哲彥嘆了一大口氣，然後搔搔頭。

「……我懂你的心情。」

「那麼——」

「與其說認同你，我只是覺得事情都已經拍板定案了，多討論也沒意義。既然這樣，我負責做自己該做的事情就好。」

「抱歉啦。」

「不會。反正也不是沒有手段。」

這傢伙說的「反正也不是沒有手段」讓我感到恐怖，不過也只能靠他了。

之後我們商量了真理愛心理狀況怎麼樣都無法好轉的因應方式。

在話劇社可以找到記得人魚公主臺詞的人。那是在女演員校友因病無法上台時就安排好要代演人魚公主的人。

話雖如此，那個人在正式演出當天被突然要求上場的話，應該還是會陷入混亂；我與小雛換了對象演對手戲，也難保不會遲疑。倘若如此，群青同盟等於只有達成一半的委託，那就非得向各界人士賠罪了吧。

換句話說，真理愛不上台就穩輸。但我們必須預先做準備。

「那麼末晴，明天見。你可別睡過頭。」

「知道啦。」

我跟哲彥分開，並踏上歸途。

在我腦海裡轉著的是真理愛哭泣的臉。

『我不想輸……我不想，就這樣輸掉，末晴哥哥……！』

光是回想就讓我覺得肝火正在翻攪。

我會搞定的。假如出全力還不夠，我可以超越自己的極限。

胸口被情緒緊緊揪著，彷彿整團怒氣化為岩漿竄過了全身上下。

我無法不暴躁。但我要用理性克制這股情緒，轉換成純粹的動力，進而帶動自己的演技。

（小桃——）

我一定會救妳——

所以——再讓我看到妳的笑容，好嗎？

我朝著夜空中輝亮的星辰，暗自立下了誓言。

第四章　愛斯基摩式吻

＊

從床上起來後，我覺得視野不對勁。

「啊……」

在我旁邊有不自然的隆起物。

掀開羽絨被，就發現有個女生像冬眠的小熊那樣縮成一團。

我忍不住笑了笑，於是她跟著醒了過來。

「啊，早安～～桃仔。」

玲菜同學邊揉眼睛邊說。

「咦～～志田學姊跟可知學姊呢～～？」

「妳忘了嗎？她們說人多或許會吵得睡不著，十點左右就回家了啊。現在她們當中應該有一個人去叫末晴哥哥起床了。」

「啊～～對喔～～」

玲菜一面回答一面把羽絨被拉到豐滿的胸脯前，然後又開始築巢冬眠了。

望向時鐘，快要七點了。

我怕吵醒玲菜同學，就離開自己的房間，到了客廳。

「啊，真理愛，妳起床啦。」

「怎麼了嗎，姊姊？」

姊姊難得站在廚房做菜。

不愛早起的姊姊大多省略早餐。應該說，沒排第一節課的時候就百分之百不吃，也根本不會起床。

「真理愛，今天是妳正式表演的日子，我在想是不是偶爾該下廚替妳做一頓早餐。」

姊姊只是懶而已，廚藝並不壞。畢竟教我做菜的人就是姊姊。

「妳去沖個澡清爽一下吧，洗完出來再幫忙叫醒玲菜。我想早餐到時候就好了。」

「嗯。」

準備去浴室的我回過頭。

從材料來看，早餐會是法式土司與沙拉。

在以往成天畏懼父母的那段日子，法式土司是我最愛吃的一道料理。乾巴巴的麵包經過姊姊烹調，就會變得跟奢侈的甜點一樣美味。過去我覺得那簡直像魔法。

我感謝姊姊的體貼，然後進了浴室。

將淋浴的水溫稍微調高，讓冷透的身體緩緩暖和。藉著熱水灑落肌膚帶來的刺激，可以曉得頭腦的運作速度正逐漸提升。

（昨天，我承受的壓力超過了極限……）

現在我就能理解。是痛苦壓抑我的思考，縮窄視野，侵蝕內心，讓我被情緒折騰得團團轉。

「還好我有依靠末晴哥哥……」

昨天，末晴哥哥說：

『夠了，小桃，交給我處理。是妳的話，就該知道當下照自己的想法行動會有多危險吧？』

幸好他用了那種方式表達。

假如只有一句「交給我處理」，我或許會忍不住抵抗。因為我之前一直堅信這件事非得獨自想辦法解決。聽到「是妳的話就該知道」，讓我察覺「換成平時的自己就會判斷要把事情交給哥哥處理」，所以我便乖乖地依靠他了。

……末晴哥哥這麼做，是經過算計的嗎？

滿難說的。天生少根筋的哥哥有時候就是能歪打正著，對我表示出的理解偶爾也會嚇到我。

算不算計都有可能……反正我都接受。ＬＯＶＥ。

我試著緩緩握起手。

……有點沉重。身體狀況不太好，疲勞並沒有消除。

腦袋運作比昨天好很多，但相較於狀況好的時候就顯得遲鈍。

證據在於——

「！」

有股涼意從背脊冒了上來。

並沒有發生什麼事情。

——這是因為我想起了父母的說話聲。

在精神深處有著深植的恐懼。即使我拚命避免讓自己回想，「避免回想」這種做法就等於「忘不掉」。因此那些記憶會在猛一回神的瞬間閃現——使我瑟縮。

「這種狀況要是出現在正式表演——」

我就當不成演員。

無關於戲裡的情節，恐懼將出現在臉上。那會讓我回歸本色，之後的演技看起來便會矯揉造作，一切應該就毀了。

「是不是退出表演比較好呢……」

與其給大家添增困擾，不管會受到多少指責，我退出或許還是比較好——現況讓我有這種想法。

而且我有自覺。當我如此思考時，自己現在的演技就已經不行了。

平時我根本不會想這些。我以為能隨心所欲發揮演技是很當然的事，甚至還有幫助其他人把戲演好的餘裕。當思緒一角存在逃避的想法時，就可以說已經不行了。

「末晴哥哥……我……可不可以逃避呢……」

不知道這麼說會讓哥哥有什麼反應。

他大概會說可以，大概會說不行。

兩者都有可能，兩者的用意都能理解。

不過，會讓我排斥的是斥責。

我很膽小，所以即使有其用意，我也不想遭到斥責。

末晴哥哥曾說我是「完美主義者」，但我會追求完美是因為膽小。看末晴哥哥被周圍的人罵或輕視都不為所動，甚至讓我暗中憧憬他那份堅強。

「必須在抵達大學以前做出決定……」

淋浴太久會讓人覺得奇怪吧。

我這麼想，關掉了蓮蓬頭。

換完衣服回到客廳，姊姊做的早餐已經弄好八成了。有香草精的香味飄散開來。

「對了，還要叫玲菜同學起床……」

我想起有事情要做，就調頭回房。

於是臥室的門一打開，就發現玲菜同學正在講電話。

「……對，跟昨天相比，桃仔的臉色好很多了喲。只是今天能不能上台就——」

玲菜看見我的臉，就迅速把手機藏到腰後。

「啊，桃仔，妳剛才在沖澡嗎！」

帶有粉飾調調的臺詞。

我大概知道跟她通話的人是誰了。

「跟妳講電話的人，是不是哲彥學長？」

「沒有啦，呃，那個……」

從她的模樣看來，我似乎猜對了。

『喂，玲菜！這樣正好！妳告訴我，真理愛的手機收到了多少訊息！』

從藏起來的手機傳出了哲彥學長的聲音。

「欸，阿哲學長！」

玲菜同學轉身背對我，還低聲責怪對方。

『反正妳說就是了！』

「可、可是……」

「玲菜同學，請妳回答他，不用介意。反正遲早會知道的。」

我這麼一說，玲菜同學好像就認命了。

她謹慎地編織出話語。

「……我剛才瞄了一眼確認……該怎麼說呢……訊息內容簡直不堪入眼……傳來的數量也讓人起雞皮疙瘩……我看了都快要腦袋斷線了……」

父母的身影忽然浮現在我的腦海。

霎時間，呼吸梗住了。

全身肌肉隨之僵硬，強烈的寒意從體內深處侵襲而來，引發了抽筋般的顫抖。

「呼……呼……」

氧氣稀薄。感覺再怎麼吸氣都無法呼吸。

我又冷又怕，還懷疑呼吸會不會就此停止。

死亡正在逼近。我這麼覺得。

「桃仔！妳沒事吧……！」

「呼……我不……要緊……」

不行。我本來想敷衍過去，嘴唇卻抖得沒辦法正常講話。

「阿哲學長，我先掛斷了，還有事情的話，麻煩傳訊息告訴我！」

玲菜同學把手機掛斷拋到一邊，然後蹲下來牽我的手。

「桃仔！桃仔！」

我有意識。可是將心靈與身體接起來的那條線不知道出了什麼狀況，使不出力氣。

玲菜同學跑去叫姊姊。我茫然地聽著這些。

＊

我被安置在床上躺著。雖然不睏，身體卻不斷在發抖。

「對不起，玲菜同學……」

「不用介意喲。總之妳再多休息一下。妳姊姊正在煮湯，要喝喲。」

這樣的互動從剛才就重複了好幾次。

離出發到大學還有時間，但實在沒有餘裕再讓我睡一覺了。

所以我想就算勉強，也要讓自己停止發抖比較好。

「玲菜同學，能不能幫我拜託姊姊，請她在浴缸裡放熱水？」

「桃仔，那樣絕對不好啦！」

「但是不設法下一劑猛藥的話……」

「與其用那種方式，還不如由我跟學長他們說妳今天沒辦法上台表演。身體有狀況就沒辦法啊。」

聽她這麼說，我鬆了一口氣。

在不想去上學的日子量體溫以後，才發現真的發燒了……當時的心情就跟現在類似。

不過——這樣真的好嗎——我心裡留有如此的猶豫。

就在這時候……

——叮咚～～！

門鈴響了。

「啊……！」

有反應的是玲菜同學。明明那是我們家的門鈴。

她急忙起身，趕去玄關。

我立刻搞懂了她會這樣的原因。

「嗨，真理愛，我聽玲菜說了狀況，妳後來好像倒下了。」

「哲彥學長……」

這樣啊，之前玲菜同學會說「總之多休息」，就是在等哲彥學長抵達這裡。她應該是認為哲彥學長肯定有什麼辦法吧。

「好了，現在時間已經不多，我簡短說明我們這邊的狀況。接下來我要講的事情，坦白說，末晴有交代過不能說，但我認為應該毫不隱瞞地講明白。麻煩妳先考量到這個前提條件，再仔細聽我說明。」

哲彥學長道出的細節讓我無言以對。

『末晴哥哥去找瞬老闆談判，加碼了新的比賽條件。』

『群青同盟獲勝之際，就可以取得父母恐嚇的證據。』

『群青同盟落敗之際，末晴哥哥就要加入赫迪經紀公司。』

『即使我棄演，也會找代演者繼續比賽。』

事情的重大程度讓我眼花了。

「怎、怎麼會！那沒辦法喲！桃仔都已經撐到極限了！」

玲菜同學挺身想替我制止這件事。

哲彥學長卻無視她，繼續說下去。

「真理愛，末晴跟我提過。他說妳要是在這時輸掉或逃避，或許就會變得跟他以前一樣。」

「！——」

我倒抽一口氣。

「大大他……說了那種話啊……」

玲菜露出意外的臉色，挺身而出的衝勁隨之洩了氣。

「末晴會答應缺乏勝算的這一戰，是因為他覺得真理愛肯定不會放棄，還可以重振精神贏過對方。」

「末晴哥哥……」

明明這陣子我都只有給哥哥添麻煩，他卻還是願意相信我……

況且那並非口頭上相信而已。哥哥可以說是賭上了「一部分人生」。

假如末晴哥哥加入赫迪經紀公司，人生必然會改變。至少他會落得忙碌到被迫高中輟學的下場吧。如此一來，群青同盟肯定也會跟著解散。賭的內容就是這麼嚴重。

（除了家人以外，不知道有誰願意為我這麼做——）

不，就算是家人，也會有像我父母那樣的人。即使縱觀我的人生，也幾乎沒有人願意如此信任我，還為我做到這種地步。

名為信任的重量壓在背上。這讓我原本空虛的腳步得以穩踏實地。

同時，心坎陣陣熱了起來。那種熱擴散到全身，溫暖了原本冰冷的指頭。

話語出不來，淚珠從眼裡落了一滴。

「如果要我說嘛，真理愛，老實說，我不像末晴那樣信任妳。」

「阿哲學長！有必要這麼說嗎！」

玲菜同學肯袒護我，哲彥學長卻完全不留情。

「妳不懂就安靜，玲菜。」

「阿哲學長！」

「那是有必要說的，對吧。」

雖然嘴脣還有些發抖，可是，我明確地表達出來了。

肯定是拜末晴哥哥溫暖了我的心房所賜。

「『驕縱』是慣出來的。團體裡起碼要有一個人敢說冷血的話。」

「可是，阿哲學長你何必用那種語氣……」

「斟酌字句就沒意義了。剛才哲彥學長說的話，我覺得剛好，因為聽了能觸怒人的情緒。」

憤怒就像強心劑，用得少即可讓人拋開恐懼，恢復氣勢。

「……不過——」

自己真的能振作起來嗎？我仍感到不安。

哲彥學長沒有漏看我的這份迷惘。

「妳還說『不過』……？真理愛，妳開始覺得事態無法挽回了吧？唉，我也一樣。還有，末晴搞出來的飛機是他自作自受。有人耍笨想必就會把事情弄成這樣。不過呢，唯獨一點讓我感到不服氣。」

哲彥學長咬牙切齒，牢牢握住拳頭。

「照這樣下去，我的兄弟會變成那混帳的奴隸！唯有這口氣，我吞不下去！」

哲彥學長眼冒血絲，並且揪住了我的胸口。

「阿哲學長！」

我被他硬是拉起上半身。儘管我換了輕便的衣服，被人揪住胸口仍使我呼吸困難。

「反正妳演就對了……不管是對父母有恨還是對我有氣，拿什麼當動力都行……贏就能一了百了，能贏就好……現在就是妳人生的分歧點，別給我躺在床上，還裝得一副虛弱的樣子……」

「阿哲學長你做什麼！」

玲菜同學將哲彥學長撞開。

拉扯的兩個人倒在一起，因為是在地毯上，看起來不會受太大的傷。

「妳很重耶，玲菜！小心我扁妳！」

「冷靜啦，阿哲學長！」

「我很冷靜！臭罵一個不懂現實的白痴有什麼錯！至少別糟蹋了末晴的心意啊！假如妳敢逃避，我就算拿繩子也會把妳綁去劇場！」

沒有被男人像這樣當面痛罵過的我嚇了一跳。

只是，我不覺得恐懼。

因為我覺得哲彥學長說得義正嚴詞，還感受到他與末晴哥哥的深厚友情。

哲彥學長要是會演戲，我猜他應該會不惜自己出馬吧。從他緊握到幾乎要流血的拳頭可以體會這一點。

而我——覺得惱火。

我對末晴哥哥的感情甚至快輸給他們之間的友情了，我氣這樣的自己。

末晴哥哥為我張羅了這麼多，我卻無法振作，我氣這樣的自己。

即使玲菜同學再溫柔，我也不該耽溺於她對我的好，我氣這樣的自己。

對了，氣自己就好。現在只要能驅策這副身體，用什麼當原動力都好。

我能說的只有一件事。

現在非得動起來。這不是為了別人，而是為了我最喜歡的末晴哥哥。

「玲菜同學，我有事想拜託妳。」

「……什麼事？」

「能不能請妳幫忙買大量能提神的營養飲料過來？我打算泡一個地獄般的熱水澡，讓自己清醒。現在還有足夠的時間吧，哲彥學長？」

哲彥學長看了我的眼神，因而睜大眼睛。接著他立刻看向手錶，還揚起嘴脣一笑。

「——勉強來得及，動作要快。」

＊

如哲彥學長所說，我們搭的計程車相當勉強地趕到了大學。

校慶已經開始，正門前顯得非常熱鬧。

我則在哲彥學長、玲菜同學還有姊姊的保護下，一路跑到劇場。

「我遲到了，對不起！」

劇場裡有末晴哥哥、黑羽學姊、白草學姊、工作人員們——大家都已經到齊了。

當然也包括瞬老闆與雛菊小姐。

「哎呀呀，桃坂小妹，妳趕上了啊？我還在想妳是不是夾著尾巴逃掉了，正跟他們討論找人來代演呢。幸好妳有到場。」

瞬老闆依舊用他那一套來挑釁。以往明明在同一間經紀公司工作，卻毫不客氣。

這個人會明確分辨敵我，哪怕以前共事過也都無所謂。因為我現在是敵人，他既會挑釁也會攻擊。這種絕情應該稱作瞬老闆的一貫態度，因此在同一陣線時感覺並不壞。畢竟瞬老闆會率先攻擊敵人，還肯將對手的仇恨都攬在自己身上。

我本身是覺得像這樣挑釁有欠格調，從以前就難以欣賞。其實那也是讓我決定離開赫迪經紀公司，並向末晴哥哥靠攏的原因之一。

然而他現在成了敵人，煩躁度就非同小可了。

「瞬老闆，我才想請教你回去有沒有做好輸掉時的準備呢。關於我父母的物證……之前你一直說弄丟了，這次是不是事先找出來了呢？」

瞬老闆的太陽穴隨之抽搐。

「啊，那得說聲抱歉了。因為我萬萬沒想過會輸，所以還沒有找。不做無謂之舉是我信奉的主義。」

「那麼，你最好是立刻回去找，瞬老闆。」

末晴哥哥從舞台走下來。

「……我很期待你們在戲裡的表現。」

瞬老闆只有回答這一句就移動到牆際。他似乎在跟廣告研究會的人確認舞台表演的播映地點與時程。

「妳還好吧，小桃？」

末晴哥哥向我搭話。他已經穿上王子的戲服，讓我覺得像是真正的王子。

「末晴哥哥……對不起。你為了我，答應那種沒道理的條件——」

「！」

末晴哥哥的臉色變了。

「是哲彥說的嗎！」

「那沒有關係，我很慶幸知道這件事。」

「可是，妳知道就會有多餘的壓力——」

「——末晴哥哥。」

我緩緩說出內心的意念。

「這次舞台表演，我一直抱著不想輸的念頭在練習。無論是瞬老闆，或者父母，兩邊我都絕不想輸。但我決定停止那樣的想法。」

「咦？妳要停止？」

「是的。因為我發現還有更重要的事。」

為了救我，末晴哥哥賭上了人生。

末晴哥哥輸掉的話就要加入赫迪經紀公司，群青同盟恐怕也會跟著解散。

哲彥學長會對我發火是當然的。末晴哥哥加上的條件，風險就是這麼高。

——但是，那卻讓我高興得不得了。

末晴哥哥正是因為重視我，才不惜背負風險也要伸出援手。

明明大家都在擔心，又面臨重重危機，或許我有這種想法是不應該的。儘管心裡明白這一點，我還是覺得欣喜無比。

我想回報末晴哥哥對我付出的溫柔。

那就是我發現的比贏得比賽更重要的事。

「末晴哥哥……萬一這場比賽輸掉……我也會加入赫迪經紀公司。」

「小桃？」

「雖然不知道對方願不願意讓我加入，但是任何條件我都會接受。然後我將盡全力支援末晴哥哥。因為末晴哥哥會加入赫迪經紀公司，都是我害的。」

「小桃，比賽沒有包含那樣的條件，妳何必那麼做……」

「我說的是萬一。當然我絲毫沒有輸掉的打算。」

末晴哥哥沉默了。聽我斷言自己沒有輸掉的打算，他似乎插不了嘴。

「不管贏還是輸，我都會跟末晴哥哥在一起。而且我要將這次的舞台表演獻給你……末晴哥哥。」

「小桃……」

「啊——我現在懂了。原來這就是『利他』的心意。」

我一面移動到後台換衣服一面思索。

換成現在就可以了解，之前我為什麼沒辦法演好人魚公主。

我不想輸給父母，不想輸給瞬老闆，排練都是抱著這樣的心理。當然我也一直有意去配合人魚公主的心境，卻無法盡掩自己心底的想法，以至於破壞了人魚公主的美好。

但是，我現在明白錯在哪裡了。換成現在，我就能理解人魚公主所做的自我奉獻。

我本身的輸贏根本無關緊要。

受怕畏縮而作繭自縛的我是次要的。我想回報對我溫柔得不惜賭上自己人生的末晴哥哥，我想為他盡心盡力。

沒錯，這正是人魚公主的心境，末晴哥哥之前提過的「利他」心意。

「真理愛前輩，看來總算能見識妳認真的演技了。我非常期待。」

雛菊小姐過來跟我搭話。

換完戲服的她更顯耀眼動人，充滿自信的模樣簡直閃亮得讓人懷疑是否超越了真正的公主。

不過——那跟我已經沒關係了。
「我呢，只是想為未晴哥哥奉獻心力而已。」
我如此回答後，便離開了後台。

＊

玲菜在安排給相關人員的最前排座位上祈禱。
「桃仔，不會有事的喲……雖然大大那樣看不出多厲害，但是他上了舞台就會把戲演好……再說阿哲學長好像也有什麼打算……妳要冷靜，照平常發揮就沒問題了……」
她這些話並沒有在對任何人說。那是聲量細微，為了讓自己鎮定才說出口的安慰之詞。
「謝謝妳，這麼努力為真理愛祈禱。」
繪里輕輕地摸了玲菜的肩膀。
「真理愛有妳這樣的女生陪伴，是她的福分。」
「當然的啊，我跟桃仔是朋友嘛。」
繪里眨了眨眼，然後緩緩地綻開笑容。
「真理愛果然很聰明。聽她說要離開經紀公司去上學的時候，我曾經擔心過，但是她確實有找到自己重視的事物。」

「原來桃仔處事那麼靈活，親人看了也還是會擔心……」

繪里把食指湊在下巴，並且仰望天花板。

「嗯～～真理愛處事的確很靈活，不過往往也有笨拙而固執的時候。像這次的事情也一樣。她太堅持要獨力解決問題，才會把自己逼得這麼緊。」

「……哎，就是啊。」

「所以她有妳這樣的朋友實在讓我鬆了口氣。往後還請妳繼續當真理愛的朋友。」

繪里投以微笑，玲菜就拍了自己豐滿的胸脯。

「感覺這反而是我要拜託她的喲。」

＊

黑羽刻意不坐最前排安排給相關人員的座位，而是在劇場後方望著觀眾入場。

她想起方才哲彥託她做的事。

『志田跟可知能不能幫忙到劇場外巡視？可以的話，我希望妳們去看看副會場以及主舞台轉播表演的情形。還有，有狀況隨時通知我。』

『我想知道觀眾的反應，因為我想預測比賽是輸是贏。假如演到一半已成定局，我就會表示不用再觀察，之後妳們可以任意行動。』

『先聲明，我拜託妳們這麼做，跟形勢不利時要採取的最後手段有關聯。假如妳們不希望毫無作為地把末晴交給臭老闆，就要幫到這個忙。』

黑羽嘆了氣。

「妳看得出哲彥同學託我們這麼做的意圖是什麼嗎？」

站在旁邊的白草交抱雙臂，視線朝向舞台。

「我怎麼可能曉得。誰知道像他那樣的男生在想什麼。」

「啊，妳依舊跟哲彥同學處不來喔。」

「別說依舊，往後也一樣。」

「是嗎？」

「他似乎又有什麼盤算……既然是為了救小末，這個忙不得不幫。」

「說得對。」

「先不管他那邊了，我倒想說——」

白草側眼瞥向黑羽。

「妳真的很安分，都沒有動作。」

「聽妳這麼說……是在懷疑我撒謊嘍？」

「就是啊，我認為可能性各半。重要的是，妳差不多該講明了吧？」

「講明什麼？」

「妳讓小末陪桃坂學妹上下學的理由。對於這件事，我可是到現在都還沒服氣。」

黑羽望著舞台，淡然回答對方。

「──『假如他是會對小桃學妹見死不救的那種人，我就不會喜歡了』。」

白草的嘴才張開一半──就把話吞了回去。

「小桃學妹面臨危機是無庸置疑，況且背後的隱情與其說令人不忍……有那樣的背景，即使陪伴身旁的不是小晴，也肯定會想幫助她。」

「……也對。」

「親近的人有困難就會全力幫忙是小晴的優點，所以妳阻止他也沒用。阻止的話反而只會證明自己心胸狹小。」

「……原來如此。」

「當然我也有想過，如果小晴只會出全力幫我就好了，可是呢，我認為這是小晴的長處。那

我就不應該礙事，而是要聲援。即使這樣會對情敵有利，我也能接受。這是我的『矜持』。」

黑羽的臉仍朝向前方，只有視線轉向白草那邊。

「可知同學，結果妳也跟我一樣沒去礙事。這是為什麼？」

「我只是覺得，趁對方有難，謀取漁翁之利的做法未免噁心。」

「對呀。雖然我同情的程度可能跟小晴沒辦法比，但小桃學妹這次實在太可憐了，簡直無以復加。」

「是啊，撇開小末的事情不談，身為同盟的夥伴，非幫幫她不可。」

「當然了。」

「喂，差不多了，能不能請妳們去看看副會場？」

哲彥過來這麼說道。

黑羽和白草對彼此點頭，然後離開了劇場。

＊

「……嗯，動向大致如我所料。」

哲彥目送黑羽和白草離開以後，就嘀咕了一句。

「關於那方面，希望能聽你多談些細節。」

哲彥被人從背後拍了肩膀。

雖然有不好的預感，他總不能拔腿就逃。

回頭望去，果然是那個「熟悉的男人」。

「阿部學長，你真～～～～～的很閒耶。」

「哎呀，有這麼一場盛大的活動，我想說該把焦點放在哪裡，猶豫了好一陣子，但想到在你身邊能看的東西應該最多，其實我從剛才就隔了一點距離在聽你們說話。」

「咦，那學長不就真的當起跟蹤狂了？我實在是不敢領教。」

「要告我的話記得存證喔。沒證據會吃閉門羹的。」

「我真的有事要忙，麻煩學長別來管我。」

「……哎，就目前來看是這樣沒錯，不過我問一件事就好。『假如丸學弟和桃坂學妹快要輸了，你打算怎麼辦』？」

「天曉得。」

哲彥簡短答道，接著就把腰從原本靠著的牆壁挪開。

「學長，那我要去後台的螢幕看表演。你難得來這裡，看現場是不是比較好？再說你是末晴的戲迷吧？」

「話是這麼說沒錯。」

「與其跟著我這種小角色，學長留在這裡會比較『有看頭』。『萬一我得祭出非常手段，也是以這座劇場為主』。」

「喂，甲斐學弟——」

劇場裡響起鈴聲——宣布開演的信號。

阿部目睹哲彥從門口離去後就聳了聳肩，在預留的座位坐了下來。

＊

我在舞台後聽著開演鈴聲。

宣導的語音播放出來。

『感謝各位今天蒞臨觀賞話劇社茶船二十周年紀念公演——《人魚公主》。開演前，有幾件事想懇請在場的觀眾們配合。手機鈴聲、鬧鐘功能等會發出聲音的物品將干擾話劇演出，因此請事先關掉電源。在劇場內請勿飲食吸菸。』

這部分是演任何戲都會先宣導的事項。

不過接下來就略有差異了。

『今天的公演將由社團請到的來賓一較演技高低。比賽雙方分別是代表群青同盟的丸末晴先生、桃坂真理愛小姐這對搭檔，與代表赫迪經紀公司參演的虹內．雀思緹．雛菊小姐，採二對一的特殊規則。投票券已經隨附於在大學正門發放的簡章當中，若是您的手邊沒有投票券，請在散場時向工作人員索取。此外，由於一人限投一票，要麻煩您在投票券寫上貴姓大名。無記名便不算在有效票之內，因此請務必填寫。』

這段內容也有寫在投票券上面。即使如此，要杜絕作票應該還是有困難，坦白說之後似乎只能靠大家的良心了。

『那麼，讓各位久候了。話劇社茶船二十周年紀念公演──《人魚公主》正式開演。』

開演鈴聲再次響起。

燈光逐漸轉暗。

正式表演前的短暫漆黑，期待與緊張感瀰漫。

習慣以後就會對此「欲罷不能」。

甚至讓我覺得自己正是為了體驗這一刻，才想要重登舞台。

沒錯，這就是舞台，令人懷念的戰場。

來，戲要開始了。

舞台的照明一舉點亮。

我睜開眼睛，並且衝上舞台。

＊

校慶所用的大螢幕上有人魚公主的現場即時影像。

當紅頂尖偶像虹內．雀思緹．雛菊參演，使得這場戲注目度驚人，讓校方硬是撥出三十分鐘讓大螢幕進行轉播。

「原來小丸也能演王子啊。」

「不過你想嘛，以前他那齣Child King也是身為小孩卻志在稱王的戲啊。」

「啊～～這樣一想，王子還比較接近他的戲路嘍。」

「我上次看小丸演戲，都不記得是幾年前了。原來他長這麼大啦。」

在大螢幕這邊，難免就無法像劇場那樣靜靜觀賞。

不過，這樣掌握到的觀眾情緒也會相對直接。

『或許你們無望過我這般優渥的生活，但是你們並沒有職責要背負一個國家，只需盡到僕從的本分便不愁生活。非但如此，你們還可以找尋心儀的對象，與之結為連理。何者才是幸福的呢？希望你們多少能體諒我心中的羨慕之情。』

王子鮮明生動的自白似乎引起了共鳴，觀眾們熱絡地聊起劇情。

「要說的話～就算貴為王子～被迫跟不認識的人結婚還是滿悽慘的吧～照他這樣，假如女方不是自己喜歡的類型要怎麼辦？」

「私下開後宮不就好了？」

「那樣行嗎？後宮是以伊斯蘭文化圈的一夫多妻制為基底吧？」

「哎，中世紀歐洲的國王好像也沒留下多少開後宮的事蹟啦。感覺頂多有情婦就是了。」

「還有，能過奢侈的日子固然好，非得扛起一整個國家就不是那麼快活了。」

「就是啊，我才不想負責任。」

黑羽一邊望著這幕景象一邊輸入訊息。

『開頭反應不錯。小晴演的王子在大螢幕這邊有充分受到觀眾接納。』

訊息寄出——就在這時候。

「咦，那不是群青同盟的志田嗎……」

為避免引起注目，黑羽是從後方偷偷觀察，但她的知名度果然已經大幅上升了。

黑羽深深戴上帽子，並且用中指推了推墨鏡，然後離開現場。

＊

「喔喔喔喔，真理愛！」

「她好可愛……」

「果然是心目中的理想妹妹……」

至於副會場這邊——單純將影像投映在講堂的螢幕——則是因為人魚公主真理愛登場而群情鼎沸。

這種熱烈度，末晴出場時到底是不能比。可愛的女生登場，無論在電影或者任何媒體都是炒熱情緒的一大重點。

『不行……那一位，是陸上國度的王子……他跟我居住的地方不同……但——』

真理愛墜入愛河的眼神讓觀眾看得失了魂，四處都有感嘆傳出。

「她好美……」

連女性都吐露出這樣的聲音。

演技明顯與昨天以前不同——白草是這麼看的。

（到昨天為止都還帶著像男性的剛毅或堅強。但是，今天的她演得既婉約又純粹——）

不知道自己初戀時是否也有過這種眼神……劇中人之惆悵情思，讓白草有了這種想法。
白草在無意識間被真理愛的演技吸引住了。

＊

『咦……？請問，有人在嗎……？』
終於——輪到虹內・雀思緹・雛菊登場了。
在後台用螢幕觀劇的哲彥感受到了劇場裡擴散開來的震撼。
（原來這女的站上舞台更亮眼……！）
本就醒目的容貌、體態、氣質，全非常人所能及的境界。
進一步打扮，配上照明，擺出優美身段。
裝點至此，綻放的光彩便能超脫現實——
（是啊，這女的平常光是待在那裡就可愛得任誰都要回首一顧，卻又天真浪漫到完全不會賣弄姿色……）
「可愛純真的奇才」——這便是哲彥對她的印象。
但是在舞台上加入了演技，就變得更加洗鍊，美得精湛。

天資與技術的融合，正可謂理想的體現。

（這就是赫迪．瞬心目中能與世界爭冠的明星嗎——）

或許她的演技確實還在成長途中。

跟末晴、真理愛兩人比較，就能看出這一點。

可是——她散發出來的氣息足以讓觀眾將演技優劣拋諸腦後。

『不好了……！這個人呼吸微弱……！』

她不經意的動作讓男性看得內心飄飄然。

（要說的話，這種過人的外表當然比演技更能勾住男人眼光。）

哲彥感覺到原本靠真理愛的演技帶來的優勢，已經完全被對方搶去了風頭。

＊

人魚公主訴說的心聲，會用聚光燈打在她身上來演出。

『（明明救王子一命的是我……為什麼事情會變成這樣呢……）』

喜愛的王子有心儀對象，而他的戀慕之情是源自於誤認救命恩人。察覺這一點使得人魚公主成天哀嘆。

如今，真理愛很能理解那種心情。

（大家都覺得我很靈巧，我對戀愛這方面卻是格外不開竅。）

真理愛一邊演，內心就一邊與人魚公主逐漸同調了。

（試著設想就知道，我完全「落於人後」。）

「末晴哥哥的初戀」被白草學姊搶走了。

「幫助末晴哥哥從創傷中振作」則是被黑羽學姊搶走了。

那些事結束了以後，我才跟哥哥重逢。完全落於人後。

——所以，我並沒有被末晴哥哥當成戀愛對象看待。

『哥哥很厲害！哥哥是人家的英雄！哥哥才不可能變得無法演戲！畢竟哥哥會等著人家在演藝圈趕上你，對吧！』

我把事情怪到了末晴哥哥身上。我害怕被他討厭，「還為了顧全自己而逃避」。

工作忙碌根本是藉口。末晴哥哥又沒有搬到地球的另一側去住，想見面的話，機會多得是。

哥哥拯救我脫離照不到光的深沼，我還把哥哥當成真命天子——我真是不爭氣又忘恩負義。

假如當下有辦法回到過去，我會立刻找末晴哥哥道歉。而且我會陪在他身旁，好讓他振作起來。如果末晴哥哥感到難受，我就會悄悄地扶持他。為了成為他戀愛的對象，我要一點一滴慢慢表現。這樣的話，無論「末晴哥哥的初戀」或「幫助哥哥從創傷中振作」都有可能落到我手裡。

現在末晴哥哥對黑羽學姊及白草學姊有戀愛感情，對我卻沒有——這種局面是我自作自受。

我心裡都明白，明白歸明白，要難過還是會難過。

情非得已；時機不巧；缺乏機運。

或許是這樣沒錯，但現實就是現實。

（「這放在人魚公主身上也通」。）

人魚公主從一名僕從口中得知了實情。

『王子大人年幼時失去了一位王妹，那位王妹長得就跟妳一模一樣。』

她還聽王子說出了這樣的想法。

『與鄰國公主成親之事已經說定了。明明我愛的是修道院的那名少女，但是她身為修道院之人，根本就不能結婚吧……』

人魚公主暗自潸然淚下。

（與其受這種苦，哪怕種族不同，哪怕長著尾巴，早知道自己就應該在救回王子時守在他身邊。）

真理愛不禁這麼心想。

（或許會嚇到對方，或許會讓對方感到害怕，或許會被對方討厭。）

即使如此，她還是該好好說明，講清楚自己「是受了吸引而救你一命」。

——「若沒有為了顧全自己而逃避，

也就不用眼睜睜看著心愛的人被別人吸引了」。

我和人魚公主是一樣的。

傷心不已，淚水停不下來。

但是——即使如此，愛慕之情仍會從內心源源湧出。

有句話說，真正的友情是不求回報的。

那愛情呢？

真正的愛情，是否也一樣不求回報？

（就算得不到回報——）

我仍想奉獻自己。

我想成為你喜樂的一部分。

我願你幸福。

哪怕此身將消亡於悲慘的命運之中，我就是愛你——

＊

飾演王子的我一邊與真理愛對戲，同時也震懾於那股好似要吞沒會場的氣勢。

（小桃的演技性質與以往全然不同——）

基本上，以往真理愛的演技都是在配合旁人。

精確判讀導演的用意或腳本裡蘊藏的訊息，因時因地改換演技，並與合演的演員們取得協調。這是她無可取代的能力。

現在的真理愛卻沒有打算與人協調。

人魚公主的哀傷正如漣漪般擴散，掩蓋了劇場。觀眾們對真理愛的哀傷產生共鳴，可以聽見有人在啜泣。

彷彿先宣洩出自己的情緒，再逼人屈服的演技。

再讓她這樣演下去，觀眾只會對人魚公主的哀傷留下印象。

獨秀是不行的。

（要跟上小桃的演技——不，我會靠相輔相成的效果進一步提升這齣戲——！）

凝鍊感官，提高檔位。用皮膚感受整座劇場的氣息。

開關已經切下去了？那就多準備一顆開關吧。我仍身處演技深淵的表層。

過去我認為只要自己將演技發揮到極致就行了。

不過在這六年之間，我從戲棚外見識了形形色色的作品。我更體會到現在的自己是靠著身邊眾人支持造就出來的。

多虧如此才點醒了我。

我本身將演技發揮到極致，並不會讓作品裡的演技提升到極致境界。作品裡的演技要提升到極致境界，得靠其他部分。

「我必須一面出風頭一面拉抬身旁的演員進行調和」。

這句話聽似矛盾，卻可以成立。

靠現在的陣容——應該能辦到。

於是，我踏進了新的境界。

＊

（這兩個人……！）

最靠近末晴與真理愛的雛菊看了他們的演技，難掩內心動搖。

真理愛的演技感覺幾近失控，末晴受其影響而逐步轉變——兩者都是雛菊以往未曾體驗過的發展。

明明分開看待也很精彩，臺詞的互動卻讓情緒互相反射，並且互相昇華。兩人之間營造的氣氛將劇場吞沒，蠱惑了觀眾。

『王子……請問那女孩是誰？』

糟糕，自己被氣勢吞沒，嗓音不小心僵掉了——

雛菊察覺到失誤，但舞台表演只有一次機會，無法挽回。

然而臉上顯露出動搖就會造成更多失誤。

雛菊立刻取回了冷靜，不過她知道自己望著人魚公主的眼神是僵硬的。

『似乎讓妳擔心了。沒事的。』

『——！』

王子伸手搭在公主的肩膀上，溫柔地予以安撫。

單單只是這樣的一幕，雛菊卻感受到戰慄。

（他用臨場的即興演出替我打了圓場——）

末晴順著劇情鼓勵了雛菊。他看雛菊因為動搖而表情僵硬，就幫忙修正劇情走向，好讓觀眾覺得雛菊的表情並沒有演錯。

『這女孩跟我情同兄妹。下次碰面時，我希望能介紹妳們認識。』

下一句臺詞就是照劇本演出……局面完全被末晴救了回來。

（——厲害。）

有專業風範的演技，狀況全掌握在手上。

『不過，我現在想感謝能與妳重逢的命運。可以的話，妳是否願意跟我一起去見父親呢？』

演員的視線有其意義。在舞台上是用視線來展現情景。

但是剛才雙方交會的視線有著與那不同的含意。

（妳還跟得上嗎？）

雛菊正確地接收到了末晴如此詢問的眼色。

（前輩這麼問，我怎麼可能回答跟不上嘛——）

她瞬間以眼神回答。

雖然雛菊演話劇的經驗遠遠不如末晴，舞台表演的經驗倒是自認不會輸。

她以偶像身分上過數不清的舞台，所以在正式演出時要即興發揮，她有自信贏過對方。

（可是要我在接受幫助、接受引導以後，就這樣讓你們領著演戲是不可能的——）

雛菊如此囑咐自己，並且露出最燦爛的笑容回答：

『……好的。我願意追隨你，因為我希望與你長相左右。』

＊

王子與公主訂了婚約，兩人的婚禮正開始籌備。
人魚公主陷入絕望，因而繭居不出。
姊姊來到了成天悲嘆的人魚公主面前，還遞出跟海之魔女要來的短劍。
『淋到王子濺出的鮮血便能回歸人魚之身。』
據聞海之魔女是這麼說的。
『（殺了王子……我就可以變回人魚……）』
『妳愛錯了人。將王子殺掉，然後跟我一起回到海裡吧。王子沒有選擇妳，他不是妳的真命天子。那殺了他又有何妨？妳的真命天子，往後自然會出現。』
戀情破滅的人魚公主在傷感中受了姊姊慫恿，忍不住動心。
於是——到了婚禮前一天。
人魚公主潛入王子的寢室，朝睡著的王子舉起了短劍。
『（只要殺了你……我就可以……！我就可以……！）』

將短劍往胸口揮下便能讓王子絕命，一切都會結束。

可是——她揮不下去。

人魚公主的雙眼滴下淚水。

王子的睡臉越是安詳，美好的回憶越是歷歷在目，讓淚水湧上。

『……公主。』

『！』

王子的夢話讓人魚公主回神過來。

她望著短劍，對自己原本準備做的事感到驚愕。

『（我這是在做什麼——）』

人魚公主讓短劍脫了手，並陷入絕望。

『（啊啊，連在夢中，我都不會被你呼喚呢……）』

淚水乾不了。過度傷悲使得胸口好似要被壓碎。

『（但是——即使如此——我依然愛著你。）』

繼續待在一起只會帶來痛苦。我只會妨礙到心愛的你。

所以──

人魚公主從露臺丟掉了短劍，並且以發不出聲的嗓音細語：

『（王子，請你要過得幸福。）』

一顆斗大的淚珠從眼睛沿著臉頰滴落。

人魚公主懷著所有感情告訴王子：

『（──我愛你。）』

隨後，人魚公主便投身入海。

＊

觀眾席到處傳出啜泣聲。

飾演王子的我聽著那些聲音，想起了自己以往對真理愛說過的話。

『我覺得王子真的很笨。呃，因為挑著國家的重擔，他對於婚事所做的決斷是有道理，但只要他察覺，人魚公主在戲裡就可以得到回報了吧？這種解讀比以前更接近快樂結局，就會讓我有股「趕快察覺啦！」的情緒。』

我演這場戲是以「王子幾乎已經發現人魚公主才是自己的救命恩人以及心儀對象」為前提。
因此真理愛打動人的熱烈演技讓我無法自已。
這段故事太令人哀傷，得不到回報的人魚公主太令人難過。
『恭喜王子！』
『恭喜公主！』
婚禮上，王子與公主收到了身旁眾人的祝賀而幸福洋溢。
（多麼滑稽啊——）
我拚命演出幸福的笑容，內心卻充滿了哀傷。
這是真理愛的演技所導致。真理愛演出人魚公主的哀傷，改變了我演王子的心境。
我受了牽引。不過——我並不覺得這樣有錯。
人魚公主的意念是活的，所以我身為王子的感情也必須是活的。
王子與公主的婚禮上，突然飛來了謎樣的泡泡。
因為變成泡沫的人魚公主轉生為風之精靈，來到了現場。
成為精靈的人魚公主，身影沒人能看見；聲音也沒人能聽到。
即使如此，她仍為了祝福而專程出現。

『（王子，祝你幸福——）』

人魚公主就這麼消失，王子忽然想起了人魚公主的事。

王子對她在不知不覺間消失一事感到惋惜，公主開口安慰：『往後有我陪伴著你。』故事到此結束。

原本應該是這樣演的——

我卻忍不住牽起準備從舞台消失的真理愛的手。

『咦……？』

『這是——』

我從舞台兩旁與觀眾席感受到了動搖的情緒。了解腳本的成員被我違背常理的脫序演出嚇到了。

（——脫序？我知道啊。）

但是，我現在的心境與王子合而為一了。真理愛的演技引導我變成了王子；而這樣的王子肯定會這麼做。

『求妳別走！』

王子察覺到變成精靈的人魚公主是違背常理的。

牽她的手更是荒謬絕倫，無視設定。即使如此，我也不能不挽留她。

『我一直都覺得奇怪！內心一直牽掛著！而現在，我總算是明白了！妳才是在我墜海時出手相救的恩人！』

這又是違背常理的言行。人魚公主直到最後都沒有說出的真相，王子卻莫名其妙地察覺了。

真理愛停下離去的腳步，回過頭。

她那種眼神——是明白我有何意圖。

『儘管我將公主誤認成救命恩人，我卻一直覺得不對勁！然而現在我就有把握了！我追求的是妳！』

看到這裡，連不清楚腳本的人都開始發現了。

畢竟說到人魚公主，就是悲戀的代名詞。

故事裡不會有所回報——理應如此才對。

『謝謝妳救了我！對不起，我之前一直沒能發現！』

我緊緊擁抱真理愛，明確地告訴她：

『——我愛妳。「從很久以前，我愛的肯定就是妳，只是我沒有察覺」。』

『啊啊啊……』

真理愛待在我的臂彎中，眼裡盈上淚水，全身放鬆了力氣。

『啊啊……啊啊啊啊……』

她吐露的字句已經潰不成聲，大顆淚珠從雙眼不停落下。

此時此刻，人魚公主首度得到了回報。

『既然妳成了風之精靈，我也願意成為精靈！以後請妳永遠待在我身邊！難道不行嗎？』

真理愛眼帶淚光，靜靜地，而又毅然地點了頭。

『——好的，王子大人。我會永遠陪伴在你身邊。』

真理愛將鼻尖湊到我的鼻尖，並且貼了上來。

只要再靠近一點似乎就會親吻到彼此的距離……卻像是孩童間嬉鬧的相互接觸。

——愛斯基摩式吻。

那就像許諾彼此要永遠在一起的舉動。

收幕曲播出。燈光收斂，而後逐漸轉暗。

光源從舞台消失，全劇結束。

隨後掀起的是轟動如雷的掌聲。

終章

＊

所有觀眾散場後，我在台上向茶船的成員們下跪賠罪。

「對不起，我脫序演出……」

擅改結局屬於脫序中的脫序，就算我是被請來的幫手也應當挨罵。

指揮演出的志摩小姐平時都一副悠哉樣，唯獨這次擺了嚴肅的臉色。

「真的太離譜了！在結局的時候脫序演出！你有聽過人魚公主在人魚公主的故事裡得到救贖的嗎！」

「不，我沒有聽過……真的很抱歉……」

我只能一個勁地道歉。

「那我也要向大家賠罪！」

真理愛來到我旁邊下跪了。

「末晴哥哥配合我的演技做了那樣的表演！因此我也是同罪！」

志摩小姐雙手扠腰，深深地吐了氣。

「——他們倆是這麼說的。各位，能不能就這樣原諒他們呢？」

志摩小姐突然放鬆緊繃的神情對我們微笑，並且環顧周圍問道。

「咦……？」

「呃～～畢竟負責指揮演出的我完全沒有做事……應該說，我根本無權生氣……剛才我以社團代表的立場罵過他們了，因此還不能接受的人就請罵我吧……」

志摩小姐這麼說完，茶船的那些人露出了苦笑。

「哎，再說這次從頭到尾都是小丸和真理愛在帶我們演啊……」

「結尾的即興演出確實很離譜，但我們自己也沒有好到可以嫌棄人嘛……」

「何況他們倆的演技都深深吸引住觀眾了……現場的氣氛感覺也可以接受……」

大家紛紛提出這樣的意見，接著就同意我不用再賠罪。

所幸在之後的閒聊當中，幾乎所有工作人員都願意爽快原諒我，還有不少人稱讚我演得好。

多虧如此，我才能心情開朗地逛校慶。我一面藏頭遮臉，一面跟群青同盟的成員們大啖攤子的美食，還參加大學校園舉辦的活動，欣賞展覽，度過了充實的一天。

咦，比賽的結果？

這還用問嗎？

當然是我跟真理愛大獲全勝啊！

＊

「喂！無視個屁啊！別鬧了！我這邊周轉不過來啦！趕快拿錢出來！」

播放的影像是真理愛家附近的道路監視器拍到的畫面。玲菜手拿筆記型電腦，秀給中年男性與中年女性——真理愛的父母看。影片清楚記錄了這兩人恐嚇、毀損物品、傷害他人的情況。

站在玲菜旁邊的是真理愛，再過去還有我守著。

真理愛的父母起初還嘻皮笑臉，不過影片一放出來就臉色發青了。

「喂喂喂，真、真理愛，妳拿這什麼鬼東西出來啊……」

「就是啊，真理愛。快把那種聳動的影片交給我，來。」

真理愛的母親若無其事地想搶走筆記型電腦。

從真理愛母親臉上看得見真理愛的影子。相貌端正，嘴巴更是長得一模一樣。

但也就這樣罷了。服裝花枝招展欠缺格調；大概是生活不規律的關係，眼窩看得出有黑眼圈；眉型高聳，眼裡還冒出血絲。

「妳做什麼！」

玲菜隨即抽身，躲開了真理愛母親的手。

「白痴！妳怎麼還失手！趕快把東西搶過來！」

「啥？你憑什麼說我！之所以會有那段影片，說起來還不是因為你要對人動手動腳——」

啊～～啊～～這下引爆夫妻吵架了。虧他們這樣還能做夫妻。

「——爸爸、媽媽。」

真理愛態度凜然。

父母停止吵架回過頭，真理愛便告訴他們：

「謝謝你們生下我。不過，我感謝的只有這一點。而你們對我的恩情，我認為自己從小受到的痛苦與謾罵已經足以抵銷。」

「妳在說什麼，真理愛！」

「對呀，我懷胎忍痛生下妳的恩情，妳怎麼可能還得清！」

他們倆的魄力讓真理愛的臉頓時蒙上陰影。

我並沒有漏看這一點，便闖進了他們倆與真理愛之間。

「你——」

真理愛的父親惡狠狠地出聲威嚇，但我沒有回嘴。

今天的舞台是由真理愛擔任主角，我的角色只是負責支援真理愛，所以不能多事。

「末晴哥哥……」

真理愛先是眼帶淚光地望著我，然後就笑了笑面對自己的父母。

「爸爸、媽媽，你們最好死心喔。因為我已經打定主意，再也不會給你們錢了。順帶一提，如果我出了什麼事，這段影片立刻就會提交給警方，所以想用暴力解決行不通喔。」

「「唔唔唔……」」

她的父母咬牙切齒。

話都說到這個分上了，他們似乎還不死心。這兩個人實在太惡質。

「呃～～原來你們有上千萬的債務喔～～……哦～～而且你們是跟這種利息高得嚇人的地方貸款啊……」

哲彥從真理愛的父母背後現身了。他望著整理成檔案的書面資料，露出了賊笑。

這傢伙居然看準了時機才出面。

「這份資料不得了耶。離譜的貸款案件真的多到讓人笑出來。照這樣看來，你們也只能跟真理愛討錢才有活路。」

「你、你是從哪裡弄到那些情報……！」

白草現身站到哲彥旁邊。她還用看待垃圾的眼神瞪向真理愛的父母。

「之前我猶豫過要不要這樣做，但我還是動用了爹地的人脈，為了讓你們倆在今後不抱任何一絲希望。」
真理愛的父母心生畏懼。黑羽就在這時候加進來助勢。
「你們倆傷害了小桃學妹，現在立刻向她賠罪。我從聽說這件事之後，就一直無法容忍你們的所做所為。」
「哎呀呀，真巧呢，志田同學，我也一樣。即使讓他們被地獄的烈火焚身也不夠。這種人最好在人世間受盡屈辱而窮途潦倒。」
這兩個人受到我們圍剿，總該死心了吧。
我剛這麼想——真理愛的父親就自甘墮落地吼了出來。
「既然這樣，我就去當強盜！」
「！」
意想不到的發言讓我受到動搖。
「真理愛，妳要逼父親當強盜嗎……？被抓的話，我就會報出妳的姓名……妳將在新聞上被報導成搶匪的女兒……到時候妳的下場可不好說喔……」
真理愛的母親似乎也理解這套策略了，她露出下流的笑容跟著附和：
「是啊，那樣真理愛就再也接不到工作了呢……我決定被抓以後就跟警方這麼說，都是因為真理愛不肯資助，才會逼得我們當強盜。」

「這兩個傢伙……」

我的背脊僵住了。

這兩個傢伙應該完全不在乎自己以外的人吧。令人反胃。光聽他們講話，理智似乎就要斷線了。

由此可以曉得繪里小姐有多麼堅強。被這種父母扶養長大還能保有正常的心智，於正面意義上已算是異於常人了。

任誰都畏懼那種非比尋常的惡意。真理愛就在這時候向前了一步。

「爸爸、媽媽。」

她用凜然的嗓音喚了對方，然後露出在電視上展現的可人笑容。

「——要那麼做的話，你們請便。」

「「……啥？」」

真理愛的臺詞應該完全超乎對方預料吧。

她的父母目瞪口呆地愣住了。

「對了，趁這個機會，我有事情要向爸爸和媽媽報告。」

真理愛如此宣言後，微微一笑摟住我的臂膀。

「——我呢，要跟這個人結婚！」

「「啥啊啊啊啊啊啊啊啊啊！」」

真理愛父母的驚呼迴盪開來。

太過驚天動地的發言讓我意識短路，周圍的同盟成員也呆在原地。

「什、什麼話，妳才不能——」

「人家已經十六歲了啊～～可以結婚了～～」

「真、真理愛！那個男生是小丸吧！他應該還沒有滿十八歲！」

「咦～～那人家等末晴哥哥滿十八歲就會跟他結婚。」

「喂，真理愛，男方對妳說的話可沒有反應喔。」

「……沒問題的。哥哥只是太幸福才失了魂而已。」

真理愛說著，臉就貼到了我的臂膀。

「因、此、呢，人家並不在乎工作會受到什麼影響。因為嫁給末晴哥哥以後就只需要努力做家務。人家會一邊打掃充滿幸福的家裡，一邊看談話節目討論爸媽被捕的新聞，好期待那時候的到來☆」

「啊，啊，啊……啊啊啊啊啊啊！」

真理愛的父親猛搔腦袋。

接著他不知道是想到什麼主意，就伸手揪住了真理愛。

「妳這小鬼！」

「好痛！」

真理愛叫痛的這個瞬間，我和哲彥都沒有錯過。

「我們等的就是這一刻。」

「好啦，正當防衛。」

我揮拳揍向真理愛父親的腹部，哲彥則揮拳揍向他的下巴，這兩拳都打個正著。

真理愛的父親當場癱倒在地。

這當然是我們的策略。還是白草訂定的策略。

光是數落對方還不能讓白草覺得滿意，所以她提議我們挑釁，萬一對方出手就可以本著正當防衛的名義還擊——這便是白草提出的凶狠策略。而且同盟的全體成員都樂得贊成，因此內心都有萬全的準備。

另外，真理愛的結婚宣言並沒有在我們討論時出現，所以真的嚇到人了。

「哼，你這個敗類！」

白草對縮成一團的真理愛父親出拳。

「好痛！」

可是她馬上就唉唉叫了。白草拳頭是打中了對方的背，手腕卻承受不了反作用力。

「——媽媽。」

做母親的顯得退縮，真理愛就補了一刀。

「我不想再看到你們的臉。下次再來的話，我會把你們倆一併交給經營地下錢莊的債主處置，請做好覺悟。」

「噫——！」

真理愛一瞪，讓她的母親心生畏懼。

在當下這個瞬間，雙方十六年以來都固定不變的立場——就此逆轉了。

「對了，即使你們有意改對人家親近的朋友找麻煩，也沒有用喔。因為人家會回敬一萬倍的痛苦給你們。」

「那、那個，真理愛——」

真理愛的母親搓了搓手掌，然後陪起笑臉想牽真理愛的手——

然而真理愛將她的手撥開，還露出滿面笑容。

「人家只有問你們聽不聽得懂喔，混帳東西☆再討價還價的話，我們現在就可以把妳揍得七葷八素再扔到河堤☆」

「噫……噫～～！」

真理愛的母親逃了。原本縮成一團的真理愛父親也感受到了危險吧，搖搖晃晃的他腳步踉蹌地急忙離去。

「好～～！」

我擺了勝利架勢表示喜悅。

這是獲勝的歡呼。

「哎～～剛才好恐怖喲。」

「這樣桃坂學妹的事就落幕了呢。可以鬆口氣了。」

「哲彥同學，這樣真的能讓問題結束吧……？」

「唉，都把對方修理成那樣了，總不會再來騷擾我們啦。」

當大家正開心得鬧哄哄時，真理愛深深低頭行禮。

「這次給各位添了許多麻煩。我一定會回報的。」

「不用在意啦，我們是同伴啊。」

當我笑著回話以後，真理愛就流下了淚水。

「……是的。謝謝大家——咦，奇怪……」

真理愛的身軀晃了一晃。

猶如羽毛落地，真理愛啪地一下子坐到混凝土地上。

「那、那個，對不起……我現在立刻站起來……咦，奇怪……」

看來真理愛似乎使不上力。她的手在發抖，腿也只是微微能動，怎麼看都覺得無法站起。

在旁人看來，剛才那場爭辯贏得游刃有餘，但是對真理愛而言，面對父母的緊張與恐懼應該足以耗盡體力吧。現在她達成宿願，安心感肯定會導致身體乏力。

大家應該都看出來了，就算擔心也沒有人嚷嚷。

「末晴，你幫忙揹她到計程車乘車處。」

只有哲彥說了這句話。

「我明白。」

「……麻煩末晴哥哥了。」

我把真理愛揹到背後。

真理愛的體重算輕，但我的腳步難免還是會變慢，我們兩個很快就落到一行人的最後面。

「……好重。」

我嘀咕了一聲。

其實我特地說出口是為了掩飾害臊。

彼此接觸使得我心跳加速，手汗冒個不停，因此決定找個能釣到真理愛的話題敷衍過去。

「——嘿！」

真理愛朝我使了一記頭槌。然而她似乎提不起力氣，造成的衝擊頂多像是把頭輕輕靠上來，髮絲接觸到頸根甚至讓我覺得癢。

「欸，妳喔，別勉強亂動啦。」

「人家明明這麼輕，末晴哥哥講話太壞心了。」

真理愛原本擱在我肩膀的手繞向了脖子。胸部貼上我的背，腿則是夾住了我的腰。被黏得這麼緊，我的身體也緊繃了起來。畢竟我聽得見真理愛的心跳聲。

「末晴哥哥，人家都知道喔。你的手汗從剛才就流不停。」

「唔……哪有，妳在說什麼啊……」

「為什麼你會流手汗呢？該不會是意識到人家了吧？」

彷彿在撒嬌，又彷彿在挑釁，很像真理愛的語氣。

我露出苦笑，忍不住說溜了嘴。

「……也許我……稍微開始意識到妳了……」

「咦……」

真理愛從背後傳來的心跳聲，劇烈程度提升了一級。

「……妳不消遣我嗎？」

「那、那個，對不起……因為我沒有想到，末晴哥哥會是這樣的反應……所以我也有點不知道該怎麼回話……」

很稀奇的反應，因此我停下腳步回過頭。

然而——

「請哥哥現在別看我。」

「好痛。」

我的頭被真理愛抓著一扭，硬是轉回正面。

怎樣啦，看妳這樣力氣不是都回來了嗎？

真理愛深呼吸，然後把身體貼得比剛才更密，還在我耳邊細語：

「那麼，末晴哥哥想不想跟人家度過甜蜜蜜～的新婚生活呢？」

「剛才的『結婚宣言』也是這樣，不知該說妳講話思路常常亂跳，還是內容太極端……」

「人家只是從結論說起，中間的過程之後再慢慢填補不就好了？」

「這要算合理或不合理呢……唉，不過我也能理解妳有時會像這樣天外飛來一筆的講話方式啦。」

「理解什麼？」

「總覺得會害臊嘛，要坦率表達心情的話。」

「…………」

我看不見真理愛在背後是什麼樣的表情。隔了大約三秒鐘的空白，真理愛說道：

「表示末晴哥哥願意跟人家定下婚約，而且會在十八歲的生日結婚，就這樣。」

「我完全沒說要那樣！」

令人酥麻的甜蜜感沁入了我的胸口深處。

跟真理愛在一起好快樂，而且我內心有某塊地方開始害怕會失去這種快樂。

所以我確定了。

——嗯，我的心裡，大概又受到新的毒素侵害。

*

某天，赫迪經紀公司董事長室。

雛菊站在於董事長席喝紅酒的赫迪・瞬面前。

「對不起，我輸了這次的比賽。」

雛菊深深低下頭賠罪。

原本以為會贏，結果卻一敗塗地。被拉開的差距之大，讓她第一次輸到無話可說。

以往雛菊幾乎沒有體驗過懊惱的心境。

畢竟就算輸掉，她也有自信會在下次立刻贏回來。

但是——現在她沒有那種自信。

差距太大。那並非稍作努力就能逆轉回來的。

焦慮侵蝕內心。雛菊拚命在腦裡思考，該怎麼做才能贏過對方。

苦味在口中擴散開來。

——是嗎……原來，這就是屈辱的滋味。

「無妨。演變成這樣是最理想的。」

雛菊睜大了眼睛，抬起臉。

「我啊，想將敗北的經驗送給妳。」

赫迪・瞬拿著酒杯起身，走到窗邊。

「話雖如此，在電視上進行大規模比賽或者以年度人氣排行分高下，都有損妳的經歷。選在無關緊要的校慶來一場玩票性質的比賽……就是希望讓妳嘗到敗北的滋味，又能免於傷到經歷。

事情能夠順利，甚至讓我鬆了口氣。」

「製作人……」

「身為偶像，妳太早站上巔峰了。當然這是因為妳有足夠的資質，但是一個人不懂屈辱，又不具執著，總會有極限。」

瞬老闆望向窗外，並拿起酒杯就口。

「此刻，妳嘗到的苦澀——絕不能忘記。那是變強所需的辛香料，懂嗎？」

「……是的，我懂。因為我第一次這麼想讓自己進步。」

「嗯，那就好。」

「不過，我也有可能會贏吧？假如我贏了呢？」

赫迪．瞬聳了聳肩。

「那我會心懷感激地先收下這場勝利。雖然我也想過要親手重新鍛鍊小丸，不過這也沒什麼可惜。我希望自己發掘出來的妳，能超越由我母親提拔的小丸與桃坂小妹，若是一蹴可及就沒意思了。所以我才說『演變成這樣是最理想的』。」

雛菊理解了。

（製作人想栽培出能與世界爭冠的明星，那指的終究是他自己發掘到的我，對於末晴前輩或真理愛前輩就沒有執著。）

何止如此，甚至有跡象顯示他希望那兩個人繼續當競爭對手。

有對手會比較有趣，雛菊對這個意見有同感。

（我希望贏過末晴前輩，還有真理愛前輩——）

過去從事演藝活動是因為好玩，然而加上了求勝的目標——將來的前景想必是精彩而熱血激昂，令人鬥志燃燒。

「真的太好了。妳讓我見識到小丸這六年來形同退隱的生活並沒有白費。」

「具體來說，好在什麼地方？」

「他有了深度，還學會貼近別人了。」

赫迪．瞬以紅酒透著窗外照進來的光。

「小丸從小就懂得發揮席捲眾人的出色演技，具備寶貴的才華。不過，那種小孩也有隨年歲增長變得自恃的危險性。而小丸經過六年的內心糾葛，非但變得出色，更能伸手拉拔其他人。」

「的確……」

以個人而言傑出歸傑出，倘若旁人無法跟上，末晴的演技就會陷於孤立——這層道理是雛菊得到提點前並未發現的。

「桃坂小妹能力均衡，所以擅於配合身邊的環境。不過，相對地就少了小丸那種突出感，以及定場所需的魄力。雖然算得上一流，照現狀無法成為超一流。但是，這次她打破外殼了。不錯，發展得好。」

赫迪．瞬回到辦公桌前，擱下了酒杯。

「那兩個人都在這次比賽將弱點補強，演技變成兼具強烈個性與顧及周遭的協調性了。不過呢，憑妳就可以超越他們倆。」

「！」

雛菊戰戰兢兢地問道：

「我可以嗎？」

「以天資來講，妳肯定高過那兩個人。這次要是對方只有一個人，妳就算輸在技術也還是比了一場漂亮的比賽。妳就是有這麼大的優勢。」

雛菊用力點了點頭。

「妳能站上更高的地方，比那兩個人加起來更高。而且等妳成長到可以贏過他們以後——就該進軍世界了。到時妳就能在世界舞台上奪冠。妳以星光照耀世界的那一天並沒有多遠喔。」

「是的，製作人！我很期待！」

之前的生活都在重複相同的過程，不過赫迪．瞬回到了工作崗位，使得往後每一天都有望進步而刺激可期。

雛菊重新感覺到，自己的製作人果然非這個人不可。

＊

哲彥正在慶旺大學廣告研究會的社辦處理最後一項業務。

「好，請款書確實收到了。明天就會匯款過去。」

「麻煩各位了。」

「實在很慶幸這次委託了群青同盟來參加活動！沒想到中途還有小雛加入，將氣氛炒得超熱～～！下次有機會再麻煩你們嘍！」

「好，我才要請各位多指教。」

哲彥離開社辦後，大大地呼了氣。

這次他真的做出了輸掉比賽的覺悟。局勢驚險得連大獲全勝後都還覺得不可思議。

因此疲勞感比平常多了一倍。

「辛苦嘍。要不要我請你喝杯咖啡？」

「學長，你真是跟蹤狂耶。」

阿部在哲彥鬆口氣時冒出來，讓他不得不傻眼。

「我聽廣告研究會的人說你今天會來，所以這算碰巧而已。」

「呃，我覺得這不叫碰巧。」

「你想嘛，畢竟這次有好幾件我不知道的事情，才務必要找你問清楚啊。」

哲彥深深地嘆了氣。

「跟學長看到的一樣，真理愛大獲全勝啊。靠著真理愛從女演員變成戀愛中的少女才贏得這次比賽，我覺得是個有趣的諷刺點。話雖如此，跟上次粉絲團那件事比起來，感覺其他成員在應對上也高明了許多，我想也不能說她們輸就是了。好啦，掰。」

「我固然也想針對那部分深掘一下……不過，其實我最想問的並非『那部分』。」

「啥？不然學長想知道什麼？」

阿部帶著嚴肅無比的臉色嘀咕：

「正式表演時，你讓白草學妹和志田學妹到劇場外打探狀況吧？還有，你『原本是打算在快要輸掉時做些什麼』的。」

「…………所以呢？」

「茶船的人有告訴我，正式表演前一刻，曾在舞台後面看到奇怪的機械。那個人是認為正式表演將近，東西大概是道具人員擺到那裡的，就放著沒管，不過總覺得很令人介意就拍了張照片存證。這便是他拍的照片。」

阿部用手機秀出照片給哲彥看。

「這東西在表演結束後不知不覺中消失了。我想問你這台機械是什麼名堂，可以嗎？」

「唉～～」

哲彥再次嘆了氣，然後嘀咕：

「學長，請我喝杯咖啡吧。」

＊

兩人走進位於校園的知名咖啡連鎖店，挑了顧客稀少的內側座位坐下以後，哲彥便若無其事地說：

「對，那是我放了以後，在表演完就偷偷收回來的東西。唉，說來就是一般所謂的『定時炸彈』啦。」

「……啥？」

阿部目瞪口呆。

「不不不，等一下，我實在沒料到會是那樣……咦？真的嗎？」

「話雖如此，裡面並沒有填入火藥，所以危險性是零啦。不過讓行家來看，應該會曉得機械本身『只要花點心思就可以用在那方面』。」

「慢著慢著，你是從哪裡弄到那種玩意兒的！」

「網路。」

「啊，原來如此……可是，嗯～～……」

內容太過誇張，阿部無法將資訊完全吸收而歪過頭。

「我想我明白你這麼做的理由，不過能不能請你親口談談？」

「嗯，當時我認為要毀掉比賽只剩這一招。」

哲彥淡然說道。

「跟那個混帳老闆談加碼條件時，我也在場。我知道等結果出來就不能反悔不認帳。那樣的話，我認為『自己能做的只有掀翻整張賭桌』。順帶一提，我到現在還是想不出其他方法。」

「難不成你原本打算在篤定會輸的那一瞬間，打電話給校慶的執行委員會？」

「規模還要再大一點。我會先劫持學校官網以及官方推特，再發出預告引爆炸彈的訊息。劇本則是佯裝小雛的粉絲犯案，我早就從地下論壇找了代為操作的槍手──」

「停，別說了！」

阿部伸手捏了捏眉心。

「該說你的手段依舊夠黑……還是做事沒有底限……」

「反正我又沒動手，那不就好了嗎？」

「但是動手的話，或許你會變成罪犯被捕啊。」

「那又怎樣？」

哲彥的魄力讓阿部沉默不語。

「那場比賽要是輸掉，末晴就會被那個混帳老闆搶去，真理愛八成也會跟他一起走吧。那麼一來，志田與可知也會離開，群青同盟便會隨之解散啦。」

「這……」

「假如群青同盟是因為我犯下失誤，還是末晴或任何一名成員的決定而解散，那我可以接受。但我就是受不了被那個混帳傢伙毀掉一切！」

哲彥將牙關咬得格格作響。

「那我還不如冒著成為罪犯的風險拚一拚！無論怎麼想都是這樣才像話！」

「冷靜點，甲斐學弟。」

哲彥發覺自己講到一半已經扯開嗓門，就做了深呼吸。

「明明你肯來商量的話，我可以幫上忙的。」

「這次的事情沒人能幫啦。即使總一郎先生出面，約定就是約定。」

「或許是這樣沒錯……」

「好了，這件事到此結束，根本沒有犯罪情事。結論就這樣。」

阿部是在為哲彥擔心，但他知道即使表達出意思也不會讓對方高興。

以結果而言什麼狀況都沒發生，因此阿部無法繼續追究，只好換一個容易被接納的話題。

「不然改聊另一件事吧，這次志田學妹是不是太安分了？」

「嗯？啊啊，是那樣沒錯。要說的話，可知也一樣就是了。」

「嗯，就是說啊。果然她們都同情桃坂學妹，才會忍讓吧？」

「……這個嘛，在我的觀念看來，倒是覺得『真虧她們沒中陷阱』。」

「嗯嗯嗯……？」

阿部不解地歪頭，哲彥繼續說下去。

「志田恐怕是靠著盤算，而可知是靠著天性漂亮避開了導致男女關係出現裂痕的前三大狀況。尤其志田更是厲害。」

「漂、漂亮避開……？」

面對混亂加劇的阿部，哲彥感慨深刻地說道：

「不只會展開猛攻，在必要時竟然也懂得收手……名將就是要懂得分辨撤退的良機嘛……唉，要不然她可能已經淪為『想把男人呼來喚去的自我中心厚黑女』。與其說志田並未自貶格調，我認為她是展現了自己是個好女人。」

「是、是這樣嗎？我只是覺得，她們這次都滿安分的。」

哲彥瞧不起人似的嘆了氣。

「錯了錯了，這次對她們倆來說算是最為嚴苛的一戰喔。啊～～學長，照我看來，你是仗著自己有女人緣而不思進取。學長遇到這種狀況大概就會跟女朋友分了吧。」

「欸，有那麼嚴重嗎！能不能請你詳加說明！」

哲彥蹺起腿，喝了口冰咖啡。

「只要分別去設想她們的心境，自然會懂。這次的事情，末晴無論如何都會設法幫真理愛是不言自明吧？」

「他有男子氣概，再說從過去的行動來看，應該沒有不幫的選擇。」

「但是志田與可知就覺得不是滋味了。因為情敵肯定會拉近與末晴之間的距離。」

「她們能理解丸學弟想幫助桃坂學妹的意志。不過只能眼睜睜看著雙方變得親近，應該很難受吧……我懂了，所以你才說這是最為嚴苛的一戰，對嗎？」

「沒錯。即使明白局面，她們倆也沒有旁觀之外的選擇啊。在我的印象中，很多人辦不到這一點。」

「舉例來說？」

「『工作與我，你選哪一邊？』之類的質疑。」

「啊……即使明白男方的工作很重要，身為女友被晾在一旁還是會有話想說的情境是嗎？」

「要把工作置換為社團、班級委員會、補習班、調職、夢想、興趣……也都可以。以結論而言，這部分指的就是『能否尊重另一半的人生態度』。」

「還得壓抑自己的心情，對嗎？」

「對。男方聽到那種質疑時，就會出現『為什麼不肯理解』、『妳真是自私』之類的看法。當然要把男女方對調也是可以。因為這種問題而分手的情侶，我認為非常多喔。」

阿部將裝著特調咖啡的杯子拿在手上轉了轉。

「你說志田學妹是靠盤算避開，有根據嗎？」

「有啊。當我們討論要怎麼保護真理愛時，她還勸末晴『要陪真理愛一起上下學』。照常理來想，是要責怪個一兩句的。」

「……也對。」

「她當時說得出那種話，恐怕是從以前就有了心理準備，在真理愛出現危急狀況時要怎麼因應。」

「志田學妹究竟算到了多少事啊……」

「學長不問可知是怎麼靠天性避開的嗎？」

「畢竟跟白草學妹相處較久的是我。她有很強的正義感，所以我猜她對桃坂學妹的不幸遭遇打從心裡感到惱火，就忘記本身的得失而給予協助了吧？」

「是有這樣的跡象。正因如此，她才無法理解志田採取的安分態度，甚至主動問對方為什麼這麼安分。」

「哦～原來發生過那種事啊……」

「志田在話劇正式演出前，對可知說過這種話喔。」

『——假如他是會對小桃學妹見死不救的那種人，我就不會喜歡了。』

「我聽了那句話，就覺得這女生簡直是相撲界的橫綱……她覺得自己接得住對手的所有強招，還充滿自信能贏過對方吧……」

「志田學妹依舊強悍呢……」

哲彥把水沾在吸管袋上，並且看著它逐漸內縮的模樣。

「不過呢，我倒覺得還是有別的手段啦～基本上，志田與可知都是乖女生。」

「雖然問這個會讓我害怕……比如說？」

「換成我在志田的立場，要是想認真把末晴搶到手，就會趁這個機會『搞垮』真理愛。不過只是把真理愛逼到沒辦法演戲的話，反而會提高她跟末晴湊成對的可能性，所以用半吊子的手段可不行。畢竟她們『在情場的輸贏，很可能因為末晴決定陪伴生了心病的真理愛而成定局』。」

「啊……啊～確實有那種可能……」

真理愛輸掉比賽而生了心病，就此遠離演藝界。不忍心看真理愛那樣的末晴則決定陪伴她。要是那樣的情況持續幾年——雙方就等同於在交往了。演變成這種情況，應該可以說末晴到最後選擇的是真理愛，而非黑羽或白草。

阿部不敢說事情並不會變成那樣。

「假如想搞垮真理愛，手段必須絕到讓她過不了高中生活，還要暗地搞鬼才是理想局面。」

「唔哇，那樣的話……」

「趁這次機會是有可能辦到。在末晴加碼條件這方面扯後腿，或在學校放話抹黑真理愛……但是，她們倆不會這麼做。感覺志田是可以想出這樣的主意，但是她並沒有實行。畢竟這兩個女生想講人壞話都會當面直接講，並不會在背後偷偷摸摸地罵。」

「講人壞話時，一般是要低調點呢……」

「她們不想靠扯後腿的方式贏，而是打算用超越情敵的方式取勝。所以，她們對於這次真理愛露出弱點並沒有視為機會，反而挺身相助。我覺得這是值得景仰的精神啦，一般會選擇扯後腿才輕鬆。哎，先不談志田她們，換成我，要扯別人後腿的話就不會顧忌那麼多。」

「是啊，你在做人方面屬於那種類型……」

阿部搔了搔臉頰。

「不過——我想到了。這次丸學弟和桃坂學妹的感情看起來是大舉加深了，足以讓他們脫離兄妹般的關係。」

「……對啊。應該說，總算脫離了。對真理愛而言算是跨出一大步吧。不過呢，她這樣也才勉強站上相同的競爭舞台而已。」

「成為丸學弟戀愛對象才能站上去的競爭舞台，對嗎？」

「對啊。志田與可知早就已經站上去了。在我的認知，慢了一圈的真理愛頂多算是勉強追上而已。」

「嗯……也對。不過開始意識到她是新的對象這一點也不容忽視。你不覺得那可以解讀成真理愛目前就是如此深入丸學弟的內心嗎？」

「即使如此，我還是覺得志田憑著『青梅女友』的優勢依舊跑在前頭～～不過這所謂的『青梅女友』固然發揮了讓末晴意識到她的效果，然而一起出門是他們從以前就有的互動，所以並沒有成為致勝的一步棋，或者說欠缺差異，感覺志田沒有利用這層關係將攻勢盡出。我認為她算是成功『在末晴身上加了一道鎖鍊』，即使考量到粉絲團那件事，以我的認知會覺得現況是『效用上守重於攻』。」

「鎖鏈倒是形容得妙……」

「我啊，曾經在腦海模擬過青梅女友是怎麼一回事，感覺最接近的名分是『情婦』。應該說，那可以當成不為人知的女友。」

「啊……啊～～稱作青梅竹馬就缺乏戀愛的情調，所以你用的那個字眼會比較接近她目前的形象……」

「所有人相安無事時形同於占了大老婆的優勢地位，然而一發生狀況，志田就非得扮演顧全男方而不會礙事的女人。誰曉得這種壓力會帶來什麼效應……」

「畢竟粉絲團風波過後就發生這種事，或許她接下來會有猛烈的攻勢。」

「應該會吧。再說我聽見了志田所講的臺詞。」

「咦，令人好奇耶。她說了什麼樣的臺詞……？」

哲彥喝了一口冰咖啡，然後告訴興趣濃厚的阿部：

「之前，我們去教訓了真理愛的父母，回程末晴和真理愛曾經出現非常甜蜜的氣氛。雖然那是因為我叫末晴幫忙揹她啦。」

「我覺得你有時候會到處點火來取樂耶。」

「實際上就是這樣才好玩嘛。當時，志田對可知說了這麼一句話。」

『——我只放過他們這一次。僅限這次而已。』

「……驚人之語呢。」

「就是啊。」

「以結論而言，與其說她輸了，感覺比較像是讓出勝利？」

「儘管自己能贏，卻刻意輸給對方，或者佯裝落敗……我是這樣覺得啦。」

「那還真怕她反撲呢……不知道此刻她是不是在想反撲的手段……」

阿部深深地嘆息。

＊

黑羽在自己房間的書桌前瞪著筆記簿。

那是類似日記的記事。不過僅止於「類似」，因為裡面記載的並非每天發生的事情。

（小晴會意識到小桃學妹——可說是在所難免。只要親近的人有困難，小晴就不能不幫，何況小桃學妹的問題非常嚴重。發展成這樣是時間早晚的問題，所以這都在意料之內。）

筆記簿寫的是她當天的「思路」。

（記得是在這一帶——）

黑羽翻過筆記，回溯到大約兩個月前。

接著她在某一頁停下手。那是得知真理愛會轉學過來那一天的記事。

那一頁整理了黑羽以「假如小晴意識到小桃學妹是戀愛對象」為題的思路。

・假如他只在意我跟可知同學兩邊，那就跟拔河一樣，用力拉就行了。

・若是變成三強鼎立，事情就不單純了。跟對手用力互拉的時候，可能會讓剩下的另一個人出來問「沒事吧？」而獲得漁翁之利。

・小晴本來就對自己搖擺不定的心意感到苦惱，有可能採取意料外的行動，這在某方面來說是最令人害怕的。

・還要擔心小晴會因為苦惱而讓自制心變強。色誘會變得不管用？

・最糟的情況是小晴在三個女生之間定不下來，產生自責，就跟所有人都保持距離，然後冒出第四個女生把他搶走的套路。

「就是啊……」

黑羽重新讀了一遍自己過去的思路，並予以認同。

「形勢對我不利……不過我明天會去小晴家打掃，所以能跟他獨處……小桃學妹的問題也總算解決了，或許我差不多可以積極進攻……」

這時從走廊傳來聲音。

「大家吃飯嘍！」

母親銀子呼喚女兒們的聲音讓黑羽從座位起身。

餐桌前沒看到父親。他似乎又會因為研究而晚歸。

黑羽在蛋包飯上淋了醋，銀子則若無其事地說：

「黑羽，妳明天不用去末晴家打掃。」

「……咦？」

黑羽不由得讓湯匙脫了手。

每週三去打掃，對黑羽來說是鐵定能兩人獨處的寶貴機會，也是絕佳的進攻時機。這正是青梅竹馬的特權，也算得上她遠比白草及真理愛占上風的要素……理應是如此。

可是——

「媽媽，為什麼我不用去！」

「妳最近不是跟末晴相當要好嗎？」

「我們從以前就這樣啊！」

「不然，我換個說法吧。以戀愛對象來說，妳跟他的距離是不是變很近？」

蒼依的肩頭顫了一下。朱音默默地望著黑羽，碧則是粗裡粗氣地把蛋包飯往嘴裡送。

「沒、沒有啊。」

「我說有。雖然你們似乎沒在交往，旁人看了還是會覺得很恩愛。」

「所以我就不能去小晴家打掃嗎？」

銀子擺了母親的臉孔說道：

「我個人認為妳跟未晴要好是很溫馨，甚至也想支持你們。可是，身為母親就不能讓女兒總是往關係如此親近的男生家跑，更別說都在晚上時段。妳懂的吧？」

「唔，要說的話……那、那打掃小晴家的人選，要怎麼辦？」

「問題就在這裡。哎，雖然會像以前那樣隔得久一點，我挑有空的時候——」

「那我去好了。」

舉手的人是朱音。

「我有空，可以去打掃。」

「哦～～」

銀子似乎是覺得意外，將手湊到下巴思索起來。

「朱音確實有空過去吧……不過妳真的會嗎？要打掃的可不只房間喔。」

「我會。」

「唔、嗯～～……有點讓人擔心呢……」

「要不要我幫忙？」
碧隨口嘀咕了一句。
「哎，雖然麻煩，光靠朱音的話確實讓人擔心嘛。」
「妳是應考生，與其忙那種事，還不如多用功拿好成績。」
「唔——」
聽了令人無法吭聲的道理，碧只得沉默。
煩惱到最後，銀子把視線轉向蒼依。
「對了——蒼依，妳能不能陪朱音一起去打掃？」
「！」
蒼依訝異歸訝異，卻沒有多說話。
銀子就在這時補了幾句：
「妳不是應考生，媽媽也知道妳會打掃，所以想拜託妳。還是妳不想去？那樣的話——」
「我、我沒有說不想去！」
蒼依站了起來。
她異於平時的誇張舉動吸引了姊妹們的注目。
蒼依紅著臉重新坐回位子。

「我並沒有排斥。剛才我只是在想，由我去好嗎……」

「除了妳以外，沒有別的人選能勝任嘍。」

「媽，要是妳擔心我跟小晴走得太近，讓我跟朱音兩個人一起去就──」

「黑羽，誰教妳太有辦法了。照我看，妳會巧妙地支開朱音，讓妳們倆一起去就變得沒多大意義了。」

「唔──」

「所以嘍，蒼依，麻煩妳。」

銀子擺出拜託的手勢。

原本煩惱著的蒼依閉上眼睛一會兒……然後用力睜開。

「好的，我明白了。媽媽，我會跟朱音一起去打掃。」

「妳幫了大忙喔。」

事情就這樣談妥了。

*

（我──）

蒼依在內心嘀咕。

（我能不能壓抑住這份感情呢——）

到末晴家，可以待在他身邊。能跟他開心聊天，能看見他的笑臉。好高興。高興得過了頭，會害怕。

「蒼依，要多教我打掃喔。」

朱音過來搭話。

蒼依帶著笑容點了頭。

（還有朱音——朱音的心意是——）

想到這一點，胸口就不好受。

（朱音想去末晴哥家，這表示，她打算展開什麼行動嗎——？）

能去末晴家明明很高興，蒼依卻越想越覺得不安。

胸口難受；但是好開心。

（末晴哥，我——）

蒼依朝著虛空中的末晴開口到一半——便噤聲不語了。

後記

我是二丸。於十月三日在Youtube公開的特別節目（目前仍然可以在Youtube收看）——發表了「青梅竹馬絕對不會輸的戀愛喜劇，將在二〇二一年推出動畫！」的消息！

全是託各位讀者這般給予支持的福！感謝大家！

我也會參與動畫腳本等方面的作業，敬請期待！

此外，小說第六集和漫畫版第二集各有附贈廣播劇CD的特裝版！請大家有機會聽聽看！漫畫第二集還收錄了從白草觀點講述小說第一集劇情的新撰極短篇！

關於這次的第六集……蓄勢已久的真理愛終於輪到了主場！內容還很沉重！

真理愛的角色定位是末晴的搭檔，因此有別於另外兩名女主角，在登場時就設定了側重末晴這邊的沉重過去。我認為有所執著的人在演藝界應該會比星二代更加強勢，這樣的看法也有對故事造成影響。這次總算能加以深掘……內心真是感慨萬千。

還有，以往跟群青同盟相關的部分都是專挑精彩場面來寫，這次對話劇卻描述得格外詳盡！話劇相關內容是否有達到娛樂效果這一點曾讓我感到煩惱，不過話劇場面無法只在群青同盟的成員之間簡略帶過，更會帶動後半的重要情節，因此我就保留下來了（即使如此，仍比初稿簡化了許多）。以前我演過話劇，互相討論對劇情如何解讀的場面就勾起了懷念之情。

我知道第六集會是沉重的故事，所以第五集安排得比較偏向喜劇。青梅不輸每集都會像這樣改換主題，並且斟酌要將焦點放在哪裡來達成平衡。

比方說，第五集的考量在於「明明是校園戀愛喜劇，至今發生在學校的故事卻寫得太少」、「在戀愛喜劇裡利用群青同盟撮合了嚴肅與互鬥的要素，但應該也有人會讀不慣，差不多該正面面對從福星小子延續至今的王道戀愛喜劇路線了吧」，所以就把焦點放在喜劇直衝到底了。不加管束就會讓劇情風格變嚴肅的我覺得喜劇難寫又棘手，因此會心驚膽跳地希望讀者們讀得高興。

第六集則是反過來將焦點放在「深入描寫話劇來強化演藝要素」、「戀愛喜劇的戀愛也要愛得嚴肅」。在每一集都傾盡全力的同時，我認為讓整部作品著重的焦點達成平衡也很要緊，因此能分別花心思在喜劇、嚴肅戲份上實在太好了……這是我私自的想法。我是奉「用盡所有能想到的手段」為信條，會思考焦點的平衡另有其理由，但沒篇幅了，所以另擇機會再談吧。

下一集會大幅加量女主角們的可愛與喜劇戀愛要素＋志田家的妹妹們（我從以前就一直想寫妹妹們）預定也會活躍，敬請期待！

最後，聲援我的各位讀者、黑川編輯、小野寺大人、繪製插畫的しぐれうい老師，誠摯感謝你們！還有現在閱讀本書的各位，願我們能在第七集再見！

二〇二〇年　十二月　二丸修一

下集預告

OSANANAJIMI GA ZETTAI NI MAKENAI LOVE COMEDY

蒼依還有朱音

要代替黑羽到末晴家打掃。

朱音拚勁十足，反觀蒼依則是內心相當苦惱。

（朱音原本就對周遭不感興趣，
但現在她眼裡完全只有末晴哥……
她會不會做出什麼不得了的事啊……）

要阻止嗎？要提醒嗎？要給予支持嗎──
眾多選項讓蒼依感到迷惘，
但她其實並沒有餘裕在意別人。

（我想多待在末晴哥身邊……
我想跟他聊天……不過，那樣就──）

蒼依在理性與情竇的夾縫間搖擺不定。
而出現在蒼依面前的，卻是意識到真理愛，
不由得為情所困的末晴。
想多跟末晴哥聊天……這樣的念頭，
讓蒼依再次自告奮勇陪末晴做戀愛諮詢，
結果──

「你、你說心裡又多了一個在意的人……
末晴哥，我生氣了喔！
末晴哥太缺乏節操了！」

NEXT VOLUME

SHUICHI NIMARU PRESENTS

被蒼依斥責的末晴因自己的不爭氣而受到重挫。
有意挽回局勢的黑羽、焦急的白草、乘勝追擊的真理愛卻在這時候來襲！

「呵呵，小晴，你想要……跟我親親了嗎？」

「不可以，小末……打掃用具櫃裡面這麼窄，你再亂動的話……」

「沒錯，人家底下穿的是末晴哥哥的母校六條國中的水手服。你想看嗎～？」

朱音在學校出了狀況。群青同盟與碧、蒼依、朱音等人組成搭檔，傾全力想解決問題——錯綜複雜的戀情卻如螺旋般交會，而後錯過。到最後蒼依發現了在形成三強鼎立後才衍生的新選項。

「——末晴哥，一下下就可以了。

能不能請你也看看我？」

雙胞胎入局添亂！

青梅竹馬絕對不會輸的戀愛喜劇 7

VOLUME :

敬　請　期　待　！

【好消息】我的不起眼未婚妻在家有夠可愛。 1 待續

Kadokawa Fantastic Novels

作者：氷高悠　插畫：たん旦

樸素的同班同學成了我的未婚妻？
她在家裡真正的面貌只有我知道。

佐方遊一就讀高二，只對二次元有興趣。某天，不起眼的同班同學綿苗結花成了他的未婚妻？兩人開始一起生活，沒想到他們有一樣的興趣，一拍即合。「一起洗澡吧？」「我可是有心理準備要一起睡喔。」而且結花漸漸大膽到在學校無法想像的地步？

NTNT200/HK$67

青春豬頭少年不會夢到正義護理師

Kadokawa Fantastic Novels

作者：鴨志田 一　插畫：溝口ケージ

都市傳說「＃夢見」在學生間成為話題。郁實藉此化身為「正義使者」助人？

寫下來的夢會應驗——這個都市傳說「＃夢見」在學生們的SNS成為話題。咲太目擊郁實藉此化身為「正義使者」助人，也得知她碰上了類似騷靈的現象，而且原因好像來自以前的咲太……？開啟上鎖的過去之門，青春豬頭少年系列第十一集。

各 **NT$200~260/HK$65~80**

國家圖書館出版品預行編目資料

青梅竹馬絕對不會輸的戀愛喜劇/二丸修一作 ; 鄭人彥譯. -- 初版. -- 臺北市 : 臺灣角川股份有限公司, 2022.01-
冊 ; 公分
譯自 : 幼なじみが絶対に負けないラブコメ
ISBN 978-626-321-117-9(第5冊 : 平裝). --
ISBN 978-626-321-348-7(第6冊 : 平裝)

861.59 110019020

Kadokawa Fantastic Novels

青梅竹馬絕對不會輸的戀愛喜劇 6

（原著名：幼なじみが絶対に負けないラブコメ 6）

2022年4月13日　初版第1刷發行

作　　者：二丸修一
插　　畫：しぐれうい
譯　　者：鄭人彥

發 行 人：岩崎剛人
總 編 輯：蔡佩芬
編　　輯：孫千棻
美術設計：莊捷寧
印　　務：李明修（主任）、張加恩（主任）、張凱棋

發 行 所：台灣角川股份有限公司
地　　址：104台北市中山區松江路223號3樓
電　　話：（02）2515-3000
傳　　真：（02）2515-0033
網　　址：www.kadokawa.com.tw
劃撥帳戶：台灣角川股份有限公司
劃撥帳號：19487412
法律顧問：有澤法律事務所
製　　版：巨茂科技印刷有限公司
ＩＳＢＮ：978-626-321-348-7
